理解他者　理解自己

也
人

———————

The Other

[奥] 克里斯蒂安·里特 著　赖雅静 译

EINE FRAU ERLEBT DIE POLARNACHT

Christiane
Ritter

一个女人，在北极

上海书店出版社
SHANGHAI BOOKSTORE PUBLISHING HOUSE

克里斯蒂安·里特与
丈夫赫尔曼在冷岸岛

灰岬的小屋，
埋在冬天的雪下

夫妻俩在灰岬的小屋，摄于夏季

感谢我的丈夫，他的耐心与历练，使他成为极地的最佳伴侣。他身上流露出自然的极地天性及欧洲人精神、心灵与艺术的涵养。

——克里斯蒂安·里特

❄ 目 录

北极的呼唤

我丈夫长久以来的梦想，就是在北极小屋中生活。每当我们在欧洲的家遇到不顺遂的事，比如电线短路、管线破裂甚至是房租涨价了，他总会叨念着，极地小屋绝对不会发生这种事。

某次科学考察后，我丈夫决定继续留在冷岸岛（Spitzbergen）[1]，过着在冰洋上驾驶帆船捕鱼的日子，并在寒冬降临冰封大地时，在陆地上猎捕野兽，以便取得皮毛。从他在寒冷的北方捎来的信件和电报中，他常常劝我："放下手边的事，跟我来北极吧！"

1　即斯匹次卑尔根岛，挪威斯瓦尔巴群岛中的最大岛屿。——编注

然而当时北极之于我，就如同北极之于其他中欧人——北极就是挨冻受寒和孤单寂寞的同义词，因此我并没有立刻成行。

但慢慢地，这些北极的日记（在夏日寄达）开始吸引我。日记中记录了海上的旅程、冰雪、动物与荒野之美，也记录了大地上奇谲的光照，以及在遗世独立的北极夜晚，独特的自我观照的经验，但他对于酷寒、黑暗、风暴或疲惫几乎只字未提。

在我眼里，那幢冬季小屋变得愈来愈可爱。作为一个家庭主妇，冬季里，我不必跟着他外出涉险，我可以待在小屋温暖的炉火旁编织长袜、用画笔捕捉窗外的景致，在隐世而静好的时光中阅读厚厚的书籍，还有，可以睡到自然醒。

最后我终于下定决心，前往北极过冬。我做好了万全的准备，我想穿得暖乎乎地踏上极地，仿佛坐在供应暖气的电影院里，任凭所有事情和不为人知的极地的美丽夜景，在我眼前一一展开。婆婆、妈妈、外婆、奶奶、姑姑、阿姨都忙着编织保暖的衣物；公公、爸爸、叔叔、伯伯和兄弟们也慷慨赠送最新的取暖器具。尽管如此，我也不时得听人叨念，一个女人家跑去北极，简直就是脑袋烧坏了。

就在那个春天，我丈夫最近的信件也寄到了。

希望你能遵守诺言，今年过来这里。我接管了一幢冷岸岛北岸的小屋供今冬居住，小屋坚固且屋况良好。住在那里，你也不会太寂寞，因为在海岸西北角，距离这里大约九十公里处住着一位老猎人，他是瑞典人。春天天光重返，海面与峡湾结冰时，我们可以去拜访他。

除了你的滑雪靴，其他物品都不需要带。之前我一名伙伴留下的雪板和所需装备一应俱全。至于食物和其他过冬需要的东西，由我安排就行了。

你只要带些能以背包轻松携带的物品即可。我们恰好有个绝佳的旅行机会，可以和猎人诺伊斯（Nois）从阿德维恩特湾（Adventbai）划船出发，横渡伊斯峡湾（Eisfjord）。接着他会用他的狗拉雪橇载我们渡过冰河，之后我们独自前行，穿过韦德峡湾（Wijdefjord），一路前进。不过在这期间我们必须渡过几条冰川河。大约十四天的路程，便可以抵达我们位于北海岸的家。

请立刻发电报告诉我你会搭哪艘船来。等你登船后，我再以无线电报通知你下船要注意的细节。

附言：如果你的背包还有位置，请带两人可以用上一年的牙膏和缝衣针。

接到信后几个小时，我已经订好船票，并且发电报给我丈夫，告诉他我准备搭乘的船名和起航时间。结果令我大吃一惊，他要我最好别带什么行李。我本来已经做好万全的准备，除了一床羽绒被和保温瓶这些旅行装备，还准备了书籍、簿本、绘画颜料盒、摄影底片、酵母粉与各种调味料、毛线及织补用的纱线。在北极，跟着一个数年来不知已变成哪种野人的男人过日子，这些岂不是都缺一不可吗？

还有，我丈夫为何偏偏选中北海岸作为过冬地点呢？为什么偏偏是那处据我所知，几乎终年被流冰包围，船只难以通行，距离最近的聚落两百五十公里远，冰河与峡湾遍布的海岸呢？

我心不甘情不愿地把最迫切需要的生活用品全打包进一个背包里，剩下的一大堆物品则分别装进老旧的行李箱、旅行袋等一并带走。万一没有福星帮我把这些家当带到目的地，这些行李大概就得留在冷岸岛的某个寂寞海岸了。

在某个炽热的七月天，我身着滑雪装、钉鞋，背着高如小山的背包，站在小小的停靠站，被前来送别的父母亲、兄弟姐妹、厨娘、园丁和洗衣妇团团包围。对我的计划，他们依然猛摇其头，却还是忙着把一些爱的小礼物塞进我的袋子里。他们说，这些都是在北极不可或缺的小物品，我一定得带着，而且要等上船之后才可以看。

"万一猎户小屋的暖炉不好，秋天时，你就搭最后一班船回来。"火车已经开始移动，放不下心的妈妈还对着我殷殷叮咛。

启　程

　　当我们的船开始驶离汉堡港时，我略微自负地望着熙来攘往的人群。北方寒冷辽阔的寂静，已经在我的心灵之眼前方展开，但在船上乐队演奏的骊歌声中，却是数以千计挥着手、擤着鼻涕的人。在船上使用的躺椅很快就被抢购殆尽，人潮十万火急地冲进咖啡馆和兑换外币的柜台——在长达四个星期的极地之旅开头，大城市居民以大城市的速度，匆匆进行着这些活动。

　　我逃进我的舱室，打开亲友的"捐赠物资"，内心感动不已：爸爸送的《圣经》、妈妈送的驼毛衣物、兄弟姐妹们送的摔不碎镜子、园丁送的干荷兰芹、厨娘送的木勺子和搅拌器，还有洗衣妇送的中世纪圣托比亚斯的护身符，据说可以消灾镇煞!

同舱的旅客进来时，看到这些让人疑惑的行李都惊诧极了。我不想在船上透露我即将在北极过冬的消息，以免引起不必要的骚动，也就刁难为他们解开谜团了。

翌日风暴止歇，一千四百名原本忐忑不安的旅客，露出了度假时的轻松神色，躺在一千四百把躺椅上小憩。我则准备确认昨天起航时，我那数量庞大的行李是否也跟着上船了。大型行李舱里灯光昏暗、空空荡荡的。在某个角落里，有个行动略显迟缓的身影站了起来。

"哦? 小姐，您就是要去冷岸岛的小姐吗?"那身影用低沉的嗓音问我。

"您怎么知道?"

"都写在您的行李上啦! 您为何想去那种人迹罕至的岛屿?"这位有把年纪胖胖的行李长边帮我签发行李提单，边用同情的目光从眼镜框的上缘瞅着我。

"没什么⋯⋯去看极光。"

"帮大学做研究吗?"

"不是，是我自己想看。"

"那您最好放弃，您在那座岛上会冻坏的，那里不是您该去的。还有，您还会得坏血病。俗话说，连续两天睡不好的人，坏血病离他就不远了。我可以告诉您一些例子，我当过救护员。"

"谢谢，不用不用，您最好什么都别说。不过，到时候您可以帮我把行李送上岸吧？"

"您想在冷岸岛干吗？"

"嗯，我也不晓得，我真的什么都还不清楚。"

"那您最好再跟着我们回去，我们船长绝对不会让您下船的，不会的，您不了解他，这种事他绝对不会答应的。"

我有点吓到了。"哪里可以找到船长商量？"我请教行李长。

"上面，"他翘起食指指向天花板，仿佛指的是天空，说，"上面，在舰桥[1]那里。"

我立刻上去，爬了数不清的阶梯，经过在阳光与和风中小憩的一千四百名旅客，最后抵达舰桥。那里的窗户又长又宽，面对着无边无际的地平线。

"船长先生，请问一下，不管是在什么地方、什么时候、用什么方式，总之，您是否能在冷岸岛放我上岸？"

船长沉着脸摇摇头，他绝不能这么做。恰好相反，把

---

1 亦称"驾驶台"，舰艇上层建筑中的航行、作战指挥和操纵部位。——编注

每位旅客安全送回家园，是他致力的目标。再说，想在当地过冬，还需要挪威政府的许可。

"可是我丈夫在那里等我。"

经过一番谈话后，原来船长不仅认识我丈夫，三年前还曾经让我丈夫在金斯湾（Kingsbai）下船。

"我们当然会让您下船，"最后船长表示，"等您接到电报，知道如何下船后请通知我们。"

我这才放心离开舰桥，也买了一把躺椅，像其他旅客一样惬意地享受接下来的旅程。

峡湾出现了，典型的斯堪的纳维亚峡湾：碧绿的冰川水面上长出了暗色峭壁，还有仿如白旗在山岭间飘动的瀑布。每日清晨，我的床和牙刷总会抵达另一座峡湾，真是令人欣喜。旅客们纷纷下船，搭乘汽车前往最浪漫的地方，并在冰川融化而成的小溪上、石头间跳跃着，逗弄雪羊、吃点东西，然后按下快门，写写信、买些纪念品。

傍晚，我们返回海上巨人的怀抱——这巨人因为机器运转、繁忙的厨房、提供舒适设备而震颤。我们吃饱睡足，再被送往另一个地点。大家跳舞、调情说笑、吃吃喝喝，经过一处处著名的美丽海岸，直到有一天才终于清楚察觉，愈是往北，世界便愈发明亮，人烟和植物也愈发稀少。

即使在夜里，天色依然仿如黄昏，礁石与光秃秃的山头矗立在灰蒙蒙的水光上。从这洪荒地景中，一股冷冽的陌生气息朝我吹拂而来，这景色仿佛大洪水时期的最后几天。

可供散步的长廊的玻璃门后，人们坐在明亮的咖啡厅里抽烟、喝舞，他们思考、谈话的方式，和他们晚上在大城市的酒馆里没什么两样，他们似乎并未意识到这个陌生的世界，而几星期后，他们将酒足饭饱地离开，重返家园。

我们抵达了特罗姆瑟（Tromsö）[1]。港口上停靠着渔船与冰洋船，静谧又朴实。这些船只散发出焦油与鲸油气味，笼罩在冒险、冰雪、风暴与苍莽的氛围中。

今天，特罗姆瑟最受人瞩目的，莫过于我们这艘德国的海上巨人了。当地人纷纷涌入街道与港口，所有店家都开店营业，尽管已是夜间十点，依旧热闹非凡。

我手上拿着一份地址，四处打听别人介绍我认识的一个特罗姆瑟家庭。一路走来绿意盎然，有桦树、青草地与野草。这里无论什么都长得大而美，铁杉几乎有三米高，

1　挪威北部城市，有"极光之城"的美誉。——编注

顶着壮丽的伞状花序和热带地区常见的浓密叶片；双倍的光线带来双倍的成长。我走向一栋漆成白色的木屋，木屋在自围成一区的大自然中。这一带似乎没有庭院或公园，但这里植物繁茂，也足以媲美公园了。

这家人展开双臂欢迎我。他们是我这趟旅程中最先知道我此行目的的人。我一句挪威话都听不懂，因此由这家人的媳妇儿充当翻译。

"爸爸说，如果他是您，他就不会去冷岸岛那种冰雪荒地！"

"我不怕，"我答说，"我丈夫说，只要穿得够暖，北欧跟中欧其实相差不大。"

"您先生已经很习惯在那种地方过冬了。"这户人家的一个儿子边说边摇头。

他们问我，是否有需要他们帮忙的地方。

"赫尔默·汉森（Helmer Hansen）知道我还需要哪些装备，这些我今天就得买好，我丈夫已经把需要的物品都写下来给他了。"

他们把汉森带过来。我原本以为他会是个壮汉，毕竟他曾经跟随阿蒙森（Amundsen）前往南极探险，也曾与阿蒙森搭乘"嘉阿"号横渡西北航道、搭乘"莫德"号渡过东北航道。

汉森沉默寡言，身材极为修长，蓝色的大眼睛看起来很和善。他握着我的手不断摇着，说："'苔苔'（太太）来，里特船长一定很高兴。"接着他就事论事地说："太太应该买好自己需要的'Komaga'，雨靴没有也行，但毛毡袜绝对需要。"

他们帮我从城里带回这些物品，尺寸还一应俱全供我挑选。

"Komaga"是萨米人[1]穿的靴子，宽如拖鞋，以柔软的皮革手工制成，鞋尖往上翘起，靴长到小腿肚的一半。我试了最小号的，但对我而言还是太大了。

"太小了！"汉森急切地说，他建议我挑最大的。这种鞋里头得塞许多草，所以越大越好。

午夜时分，我又被人送回码头。在遥远的海面上，这艘白色巨舰仿佛沐浴在流动的晚霞中，所有的甲板灯光全都亮起，景象很壮观。旅客们在甲板上来来往往，有如灯火中的飞蛾，大家似乎全都因为这晦暗的光线、这通红的天色和水面、这不因时间而改变的艳红夕照而陶然欲醉。

1　北欧民族，亦称"拉普人"或"拉普兰人"。——编注

转眼间，这种夕照的红便转为更加灿亮的红色曙光。今晚没有人想睡，直到我们的船再次起航，海上变冷、空气逐渐变冷变硬了才上床。

隔天丝毫不见陆地踪迹，插在观光地图上的小旗帜朝着北边的方向移动，位置介于挪威本土与熊岛（Bäreninsel）[1]之间。船上的小型乐队首次在白天表演，而且一到用餐时间便开始演奏，可能是为了炒热气氛吧，避免旅客在北冰洋上的大孤岛前感到恐慌。

我有点忐忑不安，因为我还没收到丈夫的消息，也不知道该如何上岸。

翌日清晨，我们航经冷岸岛南端的海角。东方地平线上，在灰光粼粼的海面与低垂的雾幕间，卧着一片引人注目的陆地，上面有绵亘的蓝色山峦，山峦之间点缀着亮得夺目刺眼的白色冰河——这里就是冷岸岛的海岸。

"对面是朗伊尔城（Longyearbyen）[2]，文明最后一个前哨站，也是挪威的煤矿区。"甲板上有人如此介绍。

接着是人踪绝迹的陆地，整天下来尽是山脉、冰河、

---

1 挪威在北冰洋中的岛屿，位于巴伦支海西缘，北角和斯瓦尔巴群岛航线的中途。——编注
2 挪威斯瓦尔巴群岛首府和最大定居点。——编注

蓝色山崖、白色冰雪。夜里，雾气包裹着这片土地。从北岸望，什么都看不见，事与愿违。明天一早，我们的船应该就抵达海水与海冰的交界处了。

许多人彻夜跳舞，而其他人，则在清晨四点被异于往日的喇叭旋律唤醒。

今天的喇叭音乐极为清新、充满活力，使睡梦中的人跳起来，冲上游步甲板[1]。

嗯，原来这就是海冰呀！几块污黄色、怯生生的浮冰慵懒地躺卧在雾与海之间。大家都冻僵了，唯独裹着优雅皮草大衣的仕女们自觉备受关注，因此格外亢奋。旅客们又失望地回到被窝里。

隔天上午，旅客们大多都睡到很晚，天地间弥漫着浓雾，嘟嘟的雾笛声不时响起，我们的船再次向南航行。

我决定了，若丈夫的讯息再不来，我就在伊斯峡湾上岸。在那矿区附近，总该有人能告诉我，在何时何地能找到我丈夫。

幸好上午电报就到："在金斯湾等你！"这通电报令我

---

1 在客船或客货船上供旅客散步或活动的一层甲板，甲板上有较宽敞的通道与供活动的场所。——编注

大松一口气，但同时，我又担心起这浓雾，我们的船会前往金斯湾吗？嘟嘟的雾笛声令人害怕，从船头根本看不到船尾。

"乘务长，我们的船会到金斯湾吗？"他耸耸肩。

"行李长，我们的船会到金斯湾吗？"

"您不如跟我们回去吧！"他说。

无论如何我都预先做好准备，在船上完成最后的手续。船上的旅客在雾中百无聊赖地漫步，某些人想着食物，大部分人在脑海里已经重新坐在家乡的办公室了。此刻我至少和置身灰蒙蒙浓雾中的船员们同样紧张，所幸最后船终于停下，金斯湾到了，我赶紧跳上第一艘登岸小艇。

一座木桥从雾中浮现，一小群人站在桥上。我见到我丈夫了！他比其他人都更高更瘦。

"你来了。"他平静地笑了笑。他的肌肤晒成了古铜色，身上穿着粗略修补过、泛白的风衣，脚上套着被海水泡得褪色的靴子。

他说我们运气很好，有艘小型挪威客轮首航会前往伍德湾（Woodbai），在我们过冬的地点让我们上岸，我们可省去走内地的艰辛徒步旅程。

和气的老行李长豪迈地划着船，将我的行李送上岸。

我的行李把整艘船都塞满了，我丈夫看了哈哈大笑。换作是在欧洲，如果我携带过多的行李，他可能会不高兴，但他在北极变得不一样了，他的沉着冷静让我感到陌生。总之，他和我以及其他旅客都大不相同。

他指了指金斯湾，并且以深情又隆重的语调把所知的一切都告诉我，偏偏我怎么样也感受不到它们的美或迷人之处，只觉得这里的海岸荒凉、多石又秃枯。

"从前这里是煤矿区，现在已经废弃了，"我丈夫边指边说，"那里曾经是诺比莱（Nobile）探险队的飞船停机棚，雾的后面有个小屋，是我三年前第一次过冬的地方。"

旅客们在矿区废弃的木屋与生锈的铁堆间徘徊，他们不确定在这里能做什么。天下起了雨，旅客们感觉很冷，成群结队地返回船上，温暖的休息室的灯光正友好地欢迎着他们。

这里坐落着几栋木屋，我丈夫带我走进其中一幢。冬天时，住在这栋木屋里的冷岸岛猎户担任着守卫。他开心地迎接我们，在水杯里倒满干邑白兰地，向未来将在岛上度过一年的"苔苔"（太太）敬酒。可惜他这番挪威语的欢迎词，我一个字都听不懂。

之后我们登上挪威客轮——与我们的德国船同时抵达港口——以便继续前进。客轮上的船员全都站在甲板上，而每一位，上自船长下至见习水手，都以对待同袍的直爽态度一一和我握手，令我油然有种身处大家庭中的感觉，觉得自己受到船员与过冬者的接纳。

客轮在雾中航行一日一夜，其间，海面上偶尔会出现一成不变的大块浮冰。接下来，客轮航向我们小屋所在的灰岬（Grohuk）海岸，对于我们究竟朝哪个方向航行，我完全不知晓，也不知道我们到底置身何处。

这时丈夫才告诉我，为了这个冬天，他还带了另一个人来："我不知道你能不能习惯北极的生活。总之，我不想留你一个人在小屋太久……而我今年的狩猎范围又很大。我认识卡尔已经很久了，他会跟着我们过去。去年他为我驻扎在愁思岬（Bangenhuk）。这个小伙子的老家在特罗姆瑟，为人忠厚老实。他以前是冰洋船员、鱼叉手。今年夏天，我问他愿不愿意在北边多待一年，当时他已经准备回乡了，结果他想都没想就答应了。他是个彻底的冷岸岛迷。"

"你好，卡尔！"我丈夫在船上呼喊，卡尔立即现身。他是个整洁的金发年轻人，有着一双迷人的蓝眼睛，我猜他约莫二十岁。我们握了握手，朝对方笑了笑，之后就没办法交谈了，因为卡尔不懂德语，而我也不懂挪威语。我们三个人都很开心，但理由各不相同。我丈夫期待有人打理家务，我期待感受大家赞扬的荒野之美，至于卡尔（许久之后，他才向我坦承）则等着看好戏。他肯定以为，这位"中欧来的女士"会在风暴与漫漫长夜的寂寥之中发疯。

我们再度在浓雾中开船，一群带有斑点的灰色海鸥随着我们的客轮飞得很低。这种海鸥和我之前见过的截然不同，它们拍翅的动作急促而有力，阳刚而坚毅的脸庞看起来桀骜不驯。见到它们，我才初次对北极严酷的大自然有了预感。

小客轮上旅客不多，国籍却五花八门，但在彼此进一步了解之后，你会发现他们全都热爱冷岸岛。比如某位英国中年富豪，他的肌肤晒成了古铜色，领口低敞，没穿袜子的脚上套着凉鞋，身上穿着短裤和一件比短裤更短的轻薄风雨衣。他热爱冷岸岛，因此勤于锻炼体魄。夏天时，他经常北上，搭乘捕鱼人的小型机动渔船研究风土人情，未来他还会多次北上。

和我同桌坐在我左手边的英国人，津津乐道春天时他穿越冷岸岛的经历。那次探险，他和伙伴们在韦德峡湾水流汹涌的冰川小溪边，失去了所有的家当，但明年他还会再来，并且要在东北地岛（Nordostland）过冬。

"说不定这一次，他就会留在那里了。"我丈夫如此调侃他。格伦先生原本已经在返乡途中，结果一听到"灵恩"号（Lyngen）之行，就立刻回头——他再也离不开这座岛了。

"马蒂亚斯（Mathilas）就埋在灰岬里，"一名冰洋领航员说，"这位知名的冰洋船航海家七十岁时，还自己开船前往冷岸岛。"

"春天是最美的季节，"一名挪威年轻人带着沉醉的笑容说，"令人难忘的季节……"

"的确。你们全都被这座岛俘虏了，但我可不想被它俘虏。"我执拗地反驳。

"哦，您一定也会被它俘虏的。"那位挪威人轻声说，"绝对会的。"

如此这般，客轮持续在雾中航行，唯一的变化是餐点。一位体贴的服务生为我送来最可口的点心，仿佛在进入荒凉之地前，我该好好享受一下人生。

阿德维恩特湾的电报站站长看似风雨不侵，有点年纪的他以慈爱的语气叮咛我："女士，如果您想好好过个冬，请别忘了三件事（他那挪威式的德语既破碎又不流畅，说得缓慢又抑扬顿挫）：'每天都要撒步（散步），就算是冬天野晚（夜晚）或是逢暴（风暴）来袭也要。撒步就跟吃喝同样重要——还有，要永远保持（幽默）！千万别担心，我的意思是：千万不要闷闷不乐！'这样就能好好过日子；我认识冷岸岛，已经二十五年了。"

我非常感谢他的建议。我知道我会牢记这番话的。

在雾中航行二十四小时后，船上的机器突然止歇，客轮也晃动着不再前进，在风大浪大的黑色海面上停了下来。"我们到了。"我丈夫大声对我说。

"看哪，您的小屋在那里。"旁边的挪威年轻人指着雾中的一个点说。慢慢地，果然在远处看得到一条荒凉、绵长的灰色海岸。海岸上仿佛有一个被冲上岸的小箱子，应该就是我们的小屋了。船上的旅客全都来到甲板上，众人脸上挂着一模一样的惊骇神情望着海岸。仿佛想把握机会展现善意般，大家都忙着将大大小小的行李越过船舷递给我们。没有人劝我打消主意，唯独那位会讲德语的先生开口："不，太太，您不可能在那里过冬的，这实在太过轻率了！"

他见我心意已决，依然要跟随丈夫和卡尔离去，于是便万分激动地呼喊着："这年头的年轻人啊……这种事应该要禁止……！在那里你们又不会变得富有！"最后，他极度绝望地呼喊。

"是的，我们不会变得富有。"我同意他的说法。

"不，您会变得富有。"挪威年轻人如此说道。但他脸上的笑靥，透露出他想的完全不是俗世的财富。

船长答应我，一年后的这个时候会来接我。船长和所有船员一一和我们握手——以静默的同袍之爱。"祝各位顺利过冬！"他们异口同声地祝福，最后一次向我们道别。

我们这三个准备在此地过冬的人却是一派轻松，这或许是一种黑色幽默吧。沿着绳梯走进水里，应该要比进入剧烈晃动的小艇简单吧！但最后我们还是登上了堆满行李的小艇，船员们划着船，缓缓摆荡着朝海岸驶去。

之前穿越冷岸岛的英国人格伦先生，也坐在我们的小艇上，他没戴帽子，也没有保暖衣物，牙齿在风雨中冻得喀啦喀啦响。这片大地夺走了他所有的家当，他却把握每一个机会再次踏上冷岸岛。"哦，我真想跟着你们留下来，"他说，"冷岸岛是个美妙的地方。"说着，他的双眼发亮，朝雾中眺望。

我默默在心底思忖着："这是个恐怖的地方，除了水、雾和雨，其他什么都没有。这座岛使人神志不清，直到他们失去理智。人们到底喜欢这座岛哪一点？多少希望、多少雄心万丈的计划在这里毁灭？多少行动以失败收场？还有，这座岛夺走了多少人的性命？"

荒野中的最初几天

逐渐接近海岸，而随着距离愈靠近，愈可以看出这里并不舒适。放眼望去，一片平坦、阴暗的土地上，突兀地冒出三座巨大的黑色山头，仿佛是被人倾倒在那里的煤堆——三座山头半笼罩在雾里。

船员们朝着小木屋边上的小海湾划过去，接着穿着高筒防水靴跳进水中，将小艇拉上岸。我被人像洋娃娃般从小艇里举起，画出高高的弧线放到陆地上，接着飞来各种行李。

同行的英国人仔细察看了我们的木屋，他觉得这木屋简直是座宫殿。接着他跳进小艇，但随即又跳了出来，把一个装着焦油和刷子的小锅子递给我们，他要把这次探险仅存的物资送给我们，作为离别的赠礼，卡尔和我丈夫都非常高兴。

接着，这些送我们上岸的人便划船离去，回到在雾气与海面间仿佛一块黑影的客轮上。

我丈夫和卡尔又抬又推，吃力地将行李推离拍岸浪花区，使劲地将这些沉重的箱子推上陡峭的岩石，推上小屋所在的平坦地面。尽管耳膜里还回荡着客轮机械轰隆隆的运转声，岛上却异常寂静。海浪一成不变地拍打着遍布石子的海滩，淡然又冷漠。此刻，我心中不由得浮出一个念头：我们可以在这里生，也可以在这里死。就看我们如何决定，没有人能阻止我们。

这里景色荒凉，放眼望去，既无乔木也无灌木，一切都是灰扑扑、光秃秃的，又满是石块。沿海地区是一望无际的辽阔，一片石海，满地的石块向上延伸到碎裂的山峦；向下延伸到碎裂的海岸，构成一幅死亡与腐败的荒凉画面。

小屋坐落在小型半岛的中央，半岛的海滩陡然降入海面。我们的家是个简陋的方形盒，全铺着黑色油毡。几根钉在油毡上的木板条，是这片黑之中唯一色彩较淡的地方。一支孤零零的火炉排烟管伸出屋顶，探入雾气中。一些箱子、大圆桶、雪橇、船桨和雪板倚靠在小屋上。小屋周围散布着不知是哪些动物的尸骨，这些骨骼在气候的影响与日光的曝晒下褪成了雪白色，仿佛是象牙雕成的，可以说是研究动物解剖学的宝库。其中有两个比人还大的巨型骨架，臂骨短而强壮，有着猛兽的牙齿与类似人类的脚，大概是北极熊吧。最奇特的是，还有许多纺锤状的胸腔，骨盆之下是结实的腿，接着是有着长长趾头的脚……另外还有仿如奔跑中的猫般纤细的躯体。

细雨飘落在这些骨骼与石块上，轻轻地、静静地、不间断地。这时，远方传来三次嘟嘟声，是"灵恩"号最后一次向我们道别，接着它便开始移动，在雾中缓缓失去踪影。

独留我们在这里待上一年。

白天，天色依然晦暗，不过从我咕噜咕噜叫的肚子判断，应该接近晚餐时分了。这两位男士还忙着安顿行李，所以我打算独自瞧瞧，看在这里要如何做顿饭。我有点迟疑地踏进小屋。一进去有个类似玄关的空间，摆着一个像木板箱的柜子。在这个空间里，有扇极小的门通往小屋的内室，门把是用木头刻成的，里头堆满了钉着钉子的箱子，一路堆到天花板。

"我们的粮食。"我丈夫边走进来，边指着这些箱子说。

"各位，那就赶快打开吧，我饿死了。"

"我老婆想吃东西了。"我丈夫对卡尔说，卡尔则难为情地挠了挠脑袋，绞尽脑汁地思索。经过短暂意见交流后，两人很快就做好了决定，紧接着各种箱子、盒子、罐头纷纷飞过玄关，落入雨中，屋内只留下两大袋的面粉和糖、一小匣弹药和几块被当成圣物的耐火砖。这时卡尔点燃一只烟斗，挽着一个桶子出门去了。

"我们不是要吃饭吗？这个时候他要去哪里？"我问我丈夫。

"去找淡水。"他的回答非常简短。

"找？"我大吃一惊，"哦，难道你们不知道，这附近哪里有淡水？"

"不知道，我们对这一带还不熟悉。我们第一次来这里是搭乘快艇，把粮食送过来的，所以没办法久待。不过听那些猎户说，附近某个地方有一条河。"

"某个地方？万一卡尔找不到那条河呢？"

"那他就会带一块冰河冰[1]回来。"

"用来做饭？"我紧咬不放，"这里到底有没有冰河？雾

---

1 一种具有塑性的、透明的浅蓝色多晶冰体，由粒雪经成冰作用而成。——编注

这么浓，什么都看不见！"

"离这里最多几公里的地方有条冰河，卡尔一个半小时内就能来回一趟。"

我丈夫安抚我的情绪。

我必须在一把小凳子上坐下。在我眼前，有个全新的时空展开，我那饥肠辘辘的肚皮并没有为这种事做好准备，我哀怨地怀念起"灵恩"号，如今它已驶离，在雾中前进……船上的桌子铺着白布，摆着各种口味的酱料和鱼类佐料，还有贴心的服务生，我也怀念起我搭乘的德国船和源源不绝的丰盛美食……

我丈夫去为炉子生火，他想尽办法让我舒服一点。他从炉子底下拉出一只装着桦木树皮的小箱子，用树皮当火绒，上头放上几块木柴，接着倒上相当多的煤油，点燃一支火柴……"砰"的好大一声，炉门和火炉窜出黑烟作为回应。

我丈夫从腰带间抽出一把短剑出门，回来时，短剑上戳着一块淡红色的腌肉，肉的一端还沾着黄色皮毛。他把这块肉放到火上，顿时发出响亮的吱吱声和噼啪声，这次冒出来的黑烟混杂着像是鱼油的浓烈气味，接着火就熄了。

"炉子没有清理干净。"我丈夫心平气和地说，接着便走出门外。

这个炉子令我傻了，我甚至还被丈夫的反应吓到。在欧洲时，他无法忍受任何煤灰和有故障的炉子——冷岸岛究竟是如何改变他的？还有，令我难以理解的是，要如何才能如此冷静地对待这该死的炉子，何况还是在墙壁如此单薄的小屋内，在一座找不到其他火炉可用，而门一开就是冬夜与风暴的岛上……

仔细观察，这个炉子简直就是一场灾难：一道大大的裂缝穿过炉身，导致四根炉脚向内侧歪斜，炉身还布满层层叠叠的盐和铁锈；烤炉门敞开着，根本关不起来，灰桶则空缺了，仅在原本该是灰桶的位置，摆了一个在岁月与锈蚀的折磨下变得破破烂烂的畚斗；炉板上有十二道圈，中间的炉圈也已挤压变形了。

这时，我听到丈夫在屋顶上走动的声音，火炉内也开始隆隆响，接着，小屋中浓烟密布，再也令人无法忍受。我想打开窗户，这才发现这些窗户并非为了让人开启而设——它们是用黏胶粘死的。我只好把门打开，冲入雨中。

我丈夫站在屋顶上，全身笼罩着烟气和煤灰。他把一顶老旧的毡帽固定在一支船桨上，将船桨伸进排烟管里上下移动。

"炉子没问题，"他朝我呼喊，"猎人诺伊斯说，这个炉子是整个冷岸岛最好的炉子之一。等着看吧，小屋马上就会变得非常舒适，现在你可以脱掉外套，稍微休息一下了。"

我丝毫不想在满是煤灰的屋子里脱掉外套休息一下，我依旧戴着帽子、穿着外套坐着，准备迎接最糟糕的情况。但这个该死的炉子果真可以排气，并且逐渐散发出暖意。

这个三乘三平方米不到的空间里烟雾弥漫，煤灰有如雨滴般，纷纷朝简陋的家具落下，我模模糊糊地看到，角落里有两张宽阔的上下铺木床，墙边有一张床，窗前有一张小桌子；还有两个架子，一大一小，小架子上摆着一些积满灰尘的小瓶子，里头装的似乎是调味料。窗外大约两米处，竖立着一根颜色褪成雪白色的木头。

"这个绞刑台是做什么的？"我问正走进来的丈夫。

"这是熊柱，从远处就看得到这根柱子。这样就可以把海冰上的熊引诱过来。"

"喔！"这是我唯一想得到的回答。

"没错，而且经由墙上这扇拉窗，可以从屋内将熊射杀。运气好的话，秋天时，大块的浮冰就会把熊漂送过来。"

我丈夫一边开心地说，一边殷勤地在屋内奔忙，仿佛一心想让客人待得舒服的家庭主妇。

我必须极力克制自己，以免对这些纷至沓来的全新事物露出惊恐的神色，而我丈夫似乎也完全忘了中欧女性惯常的生活方式，真是令我惊讶。他似乎认为，在如此简陋的小屋中、在野兽的陪伴下，我当然也能悠游自在。总之，他将我带进这荒野的方式，真的是不怎么体贴。

卡尔回来了。看到炉火烧起来，他开心地搓着手，不时呼喊着："很好，很好!"似乎毫不在意黑烟和如雨般降下的煤灰。他没有找到淡水河，倒是发现了一座雪水形成的潟湖。他开始做饭，先从墙上取下一个超大的铸铁锅——这玩意儿平时大概是用来熬熊脂的吧。接着他倒进半桶水，从某个袋子里倒出像是燕麦片的东西，再把脂肪放到火上，直到炉子轰隆作响。火势烧得很猛烈，烤炉也不时有浓烟窜出。

现在卡尔开始为晚餐摆桌，三个铝盘飞到桌上，刀子紧接着呼啸而至，这之间他还不时搅拌一下粥。他就这么站在小屋中央，两腿大开，双脚来回挪动着做这些事。

"他在船上当过厨师。"我丈夫向我解释。

我暗自思忖："怪不得身手这么灵活。"

卡尔出门，回来时抱着一大堆锈迹斑斑的汤匙和餐具。他脸上绽放着光芒，他说这些都是他在金斯湾捡到的——从垃圾堆里。

我丈夫收下这些礼物后，前往海滩，用沙子和海水将餐具清洗干净。这时粥也滚沸了，汁水喷溅在熊熊的、油脂四溢的火上。一声客气的"请慢用"后，每个人的盘子里都出现一大瓢滚热的粥。这粥很烫。由于没有找到盐，我们加了一勺海水在粥里。

我们吃着饭，从桌边眺望窗外，见到一幅由雨、海与雾构成的辽阔视野。

哪边是北边？"我问。

卡尔嘴里念着："北，南，西，东。"他边说边像交通警察般朝雾中比画，"愁思岬、狼狈岬（Verlegenhuk）、悲叹湾（Jammerbucht）、忧愁湾（Sörgebai）、死人岬（Todmannsbuk）。"

"啊？卡尔在说什么？"

"这些都是我们附近海岸的名称。"

"而我们偏偏得在这些名称很恐怖的海岸附近过冬？"

"你希望的话，我们也可以帮这些海岸改名。"我丈夫笑着说。

"好，可是为什么要帮这些海岸取这么可怕的名称？"

"春天或秋天时，偶尔会有船只受海冰推挤，漂流到北部海岸。不过海冰影响不到我们，我们在陆地上。"

我们继续用餐，眺望着雾景。

"这是冷岸岛典型的夏日天气，"我丈夫仿佛必须对此致歉般说，"因为冰层附近有温暖的墨西哥湾流，才会造成这么多雾气。"

"天气会转好的，"卡尔表示，"等'灵恩'号那个裸体英国人下船时。"

卡尔认为那个英国人要在冰洋上找女人。卡尔用挪威话叽里呱啦地说笑。

我们喝了许多粥，但我总觉得没吃饱，我的胃已经被船上丰盛的美食宠坏了。喝了粥后，我们又喝了几升的咖啡。

丈夫告诉我："对挪威猎人来说，咖啡是大事。"

咖啡很淡，对渴望入睡的我们，几乎没有什么影响。我累坏了，无止境的日光灼烧着我的双眼，我打量了一下睡觉的地方——那两张铺着粗劣干草垫的床，令我胆战心惊。天晓得之前住在这里的，是哪些邋遢的猎人？

"你在信上答应给我的雅致房间在哪里?"我质问我丈夫。

"还没开始建……首先我们得找木板,有时海水会把一些木板冲上岸。"他回答。

丈夫拿了一个水手行李袋进来,并在床上隆重地铺了一条簇新的黄丝被,再摆上为我准备的羊皮睡袋。

"请进。"

好吧!我进来,但我根本不知道该怎么钻进睡袋。

他们贴心地帮我脱掉帽子和外套,紧接着将我塞进睡袋,像卷肉卷般滚向墙边。我丈夫躺在单人床上,钻进驯鹿皮袋内;卡尔则爬到我上方的铺位。这铺位离天花板很近——虽然名为床铺,但其实更像是抽屉。床板在卡尔身躯的重压下发出嘎吱声、噼啪声。这些木板条受得了他的重量吗?

尽管我们三人都累坏了,却都没有很快睡着。户外亮晃晃的,对面架子上的闹钟显示的时间却是两点,应该是凌晨两点吧。那扇小小的熊窗还开着,雾霭飘了进来,耳膜里隐约传来浪花拍岸的声音。我躺在硬邦邦的新床上,身体塞在因为雨水而潮湿、还微微散发出绵羊霉味的睡袋里。我非常清醒,目光则紧紧盯着两位男士悬吊在炉子上方等待烘干的防水靴。

我想象中的冷岸岛全然不是这回事，而且我不喜欢这片土地。错或许在我自己，也许我还不够文明，无法欣赏这里的原始。我不由得想起这里的炉子，早知道，我就从特罗姆瑟带个新炉子过来了。附近某个猎户小屋也许有较好的炉子，可以让我们带回来使用。反正整个北部和东部海岸也没有其他人了，不会有人需要炉子的。

我必须以地理方位去想象，我们是何等地孤单——直到北极都无人烟了，越过大海直到遥远的新地岛都没有人，往南三百公里，也都不会有人……

隔天清晨，我被小型咖啡豆研磨机的噪音吵醒。我丈夫已经起床准备早餐，卡尔那双穿着洁白袜子的脚，也从上铺垂下来晃呀晃的。他从两腿之间往下看，朝我喊："早安，克里斯。"接着缓慢又再三斟酌地问："尼水夺好吗？"（你睡得好吗？）

我丈夫朝我比个手势，让我知道这句话是卡尔在我还没睡醒时才背起来的。

"卡尔，我睡得很好，您呢？"

我丈夫纠正我的说法："你得用'你'称呼他。在冷岸岛，大家都用'你'互称。"

"了解。卡尔，你睡得怎样？"

卡尔没吭声，看来他并不急着学德语。

卡尔把手掌凹成碟状，承接从天花板啪啦落到地板上的雨滴，陶醉地说："好棒的雨！"随即以水手特有的矫健身手，从他的床攀到窗口的小桌旁，喝着咖啡，抽着烟斗，并且目不转睛地注视着我。对他而言，卧铺上的"欧洲女士"似乎是一种全新的体验。

我在床上享用早餐：燕麦粥和咖啡，至少这两样都热腾腾的。

"可惜我们还没有面包，"我丈夫带着歉意，"得自己烤才有，偏偏我们采购粮食的地方恰好没有酵母或发粉，我们必须把今年冬天需要的烘焙材料变出来。"

"变出来？"我简直傻了，"你们要怎么把烘焙材料变出来？你们又不是化学工厂！要是这么简单就变得出来，我们做家庭主妇的早就变出来了。"

两位男士冷静地笑了笑。未来一年我们有没有面包吃，他们似乎一点也不在乎。他们的冷静令我非常无奈。

卡尔开心地舀着他的燕麦粥，但突然间，他仿佛触电一般，从座位上一跃而起，紧张地瞧着窗外一阵子，接着抄起挂在墙上的步枪夺门而出。

透过窗户，我见到他蜷曲身体奔向海边。一抵达岸边，他立刻挥舞双臂，吹着口哨，发出悦耳的啾啾声；我丈夫站在敞开的小屋门口，也跟着发出啾啾声。

一颗海豹脑袋浮出海面，好奇地朝着岸边游过来。它缓缓游近，我也清楚见到它的黑色笑脸。

卡尔瞄准目标开枪，海豹调皮地翻了个跟斗潜入海中。卡尔蜷着身子继续沿着岸边跑，接着他屈膝、蹲下，枪口瞄准海面守候。海豹脑袋再次浮现，这只身躯濡湿的家伙一边游，一边逗趣又好奇地张望着。卡尔再次开枪——海豹又调皮地潜入水中游开，我松了一口气。

他们俩笑着回来，我听到卡尔遗憾地说："真可惜，那可以给太太当一顿好午餐。"

好个卡尔，我心想，这种午餐我宁可不要。与其让这个黑色的小家伙埋葬在我胃里，我更希望它能继续活在水中。

两位男士又忙了起来，我则决定展开晨间梳洗。

在这北部高纬度地区，似乎没有多少洗涤用水，充当洗脸盆的铁皮桶倒是相当大。接下来我开始整理床铺——所谓整理，就是学他们俩把睡袋内侧翻出来，吊挂在屋顶上，其他就没什么好收拾的。屋里没有洗餐具的水，唯一找得到的扫帚毛又不见了。不知哪位脑筋动得快的猎人，把海鸥羽毛插入光秃的木质扫把头，所以与其说它是扫帚，倒不如说是印第安人的头饰。根本没办法扫地。此外，严重破损又锈蚀斑斑的畚斗，制造的脏污也比收集起来的多，而整间屋子，除了上下铺下三种不同的超大磨刀石和一具冰锚，就再也看不到其他物品了。

"喂，三年前，你不是把我所有的家用器具带到冷岸岛了吗？那些东西都到哪了？你不是把我所有的扫帚和一半的厨房用品都带走了吗？"我问走进屋内的丈夫。

"东西都在啦，扫帚都在彼得曼角（Kap Petermann），我记得一清二楚。"丈夫如此辩解。

"彼得曼角在哪里？可以去那里把扫帚拿过来吗？"

"用走的不太方便。汽艇大约要开两天。等今年天气好一点，我们一定会去的。"

全新的时空再次在我眼前展开，而我也隐约有种预感：在这座岛上，我这个家庭主妇将会如何力不从心。

我们忙着打开行李。很难说这件事到底忙了几天了，因为这里没有黑夜，也没有白昼，只是过了一天又一天，既不知今夕止于何处，也不知明日始于何时，更不知昨天是什么时候。这里天色总是明亮，海潮总是澎湃，而雾气总是有如一堵墙般环绕着我们的小屋。我们饿了便吃，累了便睡。

为了逗我开心，这两位猎人带我去取饮用水。前往潟湖的道路有如虚空之境：雾气在我们上方、在我们周遭，脚底下则是绵延不尽的石块；每向前跨出一步，这些大的、粗糙的、棱角锋利的碎石块就会让我们向后滑退半步。

他俩在雾中借由石头判断方向，这些在我们外行人眼中往往没啥差别的石块配置，提供了为他们指引方向的线索。

这里有条海岸线，数百年来，海水退潮后在布满石块的前滩留下了波纹线；另有几堆小石头被认为是坟墓；还有一些木头和石头被霜冻的土地挤出来。而倘若没有这类路标，猎人就将石块堆叠，做成石标。

"你必须学会在雾中辨别方向，当我们出远门，你得自己去取水时，就需要这种能力。和石堤呈直角走向石堤，然后从坟墓左边直走，和石堤平行，就这么一路走后，最后就会到潟湖。"我丈夫说。

石头，石头，现在无论是清醒或睡梦中，我看到的都是石头。我觉得石头会变成我的幻觉。这片多石的土地，这片巨大无比的荒凉贫瘠，慢慢幻化成纠缠着我的噩梦。

欧洲已经离我非常遥远。如今欧洲之于我，已宛如一片神奇大地，那里的土地滋养了花卉与鲜果，滋长着人们的生存所需。而直到我身处这片什么都长不出来的枯瘠土地时，我才知道食物源源不绝地生长，是何等的神迹。

我不想去谈这种想法，因此我在心中暗自思量，待在这里就算没有饿死，也会死于坏血病。我对我们的食物不太有信心，尽管我们的粮食柜看起来赏心悦目，盒子、袋子和罐头井然有序地排列着，简直可媲美食品店。但就维生素含量来看，我们的储粮实在不及格。

我不时估算着：豌豆、扁豆和其他豆类——不含维生素；茶、咖啡、可可——不含维生素；糖、米、白面粉——不含维生素；众所周知，水果干已经丧失了维生素，腌肉也腌掉了维生素，而奶水存放半年后维生素也会耗损。我们在欧洲每天享用的鲜奶、新鲜奶油、水果和蔬菜，都是富含维生素的食物。反观这里，一整年下来可以提供维生素的不过是一小盒奶油、一小罐蜂蜜、一瓶鱼肝油和六颗高丽菜。马铃薯还有一半都腐坏了，想必是船上存放的场所过于潮湿。另外，蔓越莓看起来也不怎么新鲜。而当卡尔把他春天在愁思岬收集到的绒鸭蛋从箱子里取出时，他才发现一百颗之中有七十五颗都破掉了。

"没关系啦，狐狸也需要吃东西。"他说着，连箱带蛋抬到屋后。

至于那六颗高丽菜，我则依照颇令人怀疑的冷岸岛处理法，将高丽菜撒盐后放进挖空的树干内，悬吊在通道的屋顶下。这些就是我们的维生素来源。

"我们会有鲜鱼吃的，别担心。雾总是会令人心情郁闷，大家都知道在这种高纬度地区就会这样。等阳光出现后，事情就会变得轻松许多了。至于马铃薯和蔓越莓其实也还好，我们在阿德维恩特湾采买时，这些东西就已经存放一年了，当时还没有新鲜的食物。"我丈夫安慰我。

"明年我们就学乖了，到时候我们会带干燥的蔬菜回来，外加两个新鲜的、活生生的女人。"卡尔说。

这两位男士拥有某种荒诞的乐观天性。难道他们丝毫不担心漫漫长夜、冰封大地的好几个月吗？他们真的这么信任自己狩猎的运气吗？想到我们的存粮变得如此欠缺维生素，而我们的性命就全凭狩猎成果，全凭那几天；说得更精确些，就是全碰运气了！在我眼中，他们俩简直是外星人，他们之所以如此冷静，到底是因为过于轻率，还是因为他们拥有我们欧洲人已经失去的深沉的人生智慧？

我想，箱子里的物品应该都取出来，至少全都分门别类放好了。小屋我已经清洗过，还用滚沸的肥皂水清洁墙面和地板。另外，我还在一张床垫底下发现了已经发霉的男性衣物。卡尔如此对我描述上回住在这里的猎人："长长的红头发，"他朝自己的脑袋胡乱比画着，"长长的胡子沾着豌豆和扁豆。"不知卡尔这个调皮小伙子的话是否可信？不管如何，我立刻把那些发霉的衣物扔进海里。

现在小屋里都收拾得洁净整齐，我心中的恐惧也逐渐消散，并且第一次以另一种眼光审视这里——这些被烟熏得透红的墙壁，以及铺在木板床与上下铺上的白色驯鹿皮毛都很赏心悦目。猎人吊挂在墙上的皮草外套、萨米人靴、五彩缤纷的腰带、插在壁柱中的锋利匕首与猎刀等等全都非常雅致；而以漂流木根做成的小凳子、猎人在冬夜雕刻的各种装饰物品，也都朴拙而动人。

门扉的镶板上有只小熊；桌子上头一片小搁板后方，摆着几支带鱼尾状把手的木勺；某个角落里，小型弹药柜底下，有个各处收集来的苔藓组成的小花园，里头摆着一座圣母的雕像——这座怀抱圣婴，露出沉静微笑凝视着这幢猎户小屋的雕像曾经上过色，如今几乎熏成了黑像。这幢小屋格局精巧，我丈夫说，冷岸岛上的每座猎户小屋与内部陈设大多和谐且美丽，都是透过未受文明污染的"自然人"的美感创造出来的作品。

我们三人对今天的工作成果相当满意。傍晚，我们站在小屋前的门槛，眺望着灰茫茫的景象。

这时，在海岸附近，寂静的海上雾气中再度冒出一颗海豹脑袋，卡尔悄悄走进木屋取枪。海豹仿佛受到催眠般，脖子高高探出水面朝小屋和我们张望。

"快点潜入海里呀！"我心中对它呼喊，希望能警告它。

卡尔开枪射击，海豹没有没入水中，却像一颗黑色的大泡沫般躺在海面上。

"射中了！"我丈夫边说边和卡尔奔向岸边，把小艇推进海里，两人匆匆划桨，抵达海豹所在的位置。

我悄悄回到小屋里，不忍心见到接下来的情景。但过不了多久，外头就有人高喊："麻烦拿个盆子过来！"

我乖乖拿着盆子往下走向海边，看到海豹躺卧在暗黑色的海滩石块上，身躯已经被剖开，像书本一样摊开来，带着一层粉红色肥膘，窄窄的纺锤状躯干已经被剥了皮，摆在椭圆形的外皮上，内脏还随着心脏搏动的节奏抽搐着。

"它早就死了。"我丈夫要我放心。

几下手起刀落，卡尔以利落稳定的手法将躯干大卸数块，接着把健壮的短腿连同长长的鳍足切下来，"啪"地扔进我带来的盆子里。

"这可以今天晚上吃。"我丈夫说。

我心惊胆战地乖乖把这份晚餐拿进屋里，却不知该如何是好。这些鳍足我是该煮、烤还是煎呢？是该连皮料理，还是去皮？是连黑色的长趾甲烹调还是去掉趾甲？想到得吃这种东西，我便魂飞魄散。这时门外又传来了呼叫声："再拿一个盆子来，越大的越好！"

我把处理熊肉的大盆子拿到海滩上。

"麻烦你。"他们把海豹肝递给我，有五大瓣，至少六公斤重。

"肝当然趁新鲜吃最好。"我丈夫对我说。

我很庆幸能暂时逃过料理海豹鳍的问题，开始准备今晚大量的"现摘海豹肝"，搭配香炒洋葱马铃薯泥。

工作完成，两名双手沾满鲜血与脂肪的凶手，鼻孔翕动，满脸期待地回到屋里，用大量的热水和肥皂洗净双手，接着开始吃了起来。他们吃着嚼着，整个用餐期间，我必须不停地帮他们把盘子盛满，直到超大一块肝一丝不剩了为止。接着他们还想吃肉，他们问我肉怎么处理了？我怎么处理那两只鳍足了？

"你们就像饿了好几天的猫，可以一口气把整头牛连皮带毛吃个精光。"我目瞪口呆地说。

"靠狩猎维生的人都这样。"我丈夫答。

卡尔肚皮撑得饱饱的，当他从桌边起身时，几乎已经动弹不得。他朝我鞠个躬说："Takk for mat。"

"他说什么？"我问丈夫。

"多谢这顿饭。"挪威人吃过饭后，都会向主妇如此道谢。

我觉得这是一种好习惯，当见到自己耗费数小时的烹调成果，瞬间被人一扫而空，的确会让家庭主妇心花怒放。

饱餐一顿后，我们一夜好眠，隔天清晨带着熊一般的气力醒来——北极熊最爱吃海豹，确实有些道理！

拥有如此丰沛的力气，今天我们特别挑选较粗重的工作做。两位男士开始修缮小屋，不仅钉了新油毡，还涂上焦油，而我也突然勇气大增，首次独自冲进雾中取淡水。

我跟着直觉走，走了一段路后，黑色山岭前的浓雾乍开，靠近看，那奇大无比的荒瘠景象相当慑人，而因酷寒迸裂的石块，则连绵不绝地发出叮叮当当的声响后掉落到山谷，在山脚处生成新的黑山。今天山顶刚刚下过雪，黑白判然二分，雄伟又简单的形状在深蓝天空的衬托下，益显崇高与无比清新。接着雾气再次降临，我突然感到轻飘飘的，卵石路走起来丝毫不费力，而我也果真找到了潟湖。

我勇敢地踏上归途。仿佛过了一段漫长的时间后，我又听见了临岸的大海声，却看不见我们的小屋。我往北走了好长一段路——看不到；往南走两倍远的路——依然什么都看不到！回头再往北走至少三倍的距离——丝毫不见小屋的踪影！我看到的只是新的遍布着石块的黑色海岸，而这些海岸都同样平坦、同样向外凸出。又或者，这些其实都是相同的海岸？这些海岸没有提供定位的线索。渐渐地，我开始冒冷汗，水桶早就不知被我留在哪里——但没想到，最后我突然又站在小屋前了。

这两位男士还忙着修补屋顶，见到我没取到水，又如此绝望地回来，两人放声大笑，我却快要哭出来了，尤其是想到做饭需要的水不知被我扔在哪里时。最后是卡尔可怜我，他从屋顶上跳下来，沿着海岸一路寻找水桶。很快他就回来了，彬彬有礼地把装满水的桶子放在我的脚前。

日子就这么在雾中度过，这两位男士总有事要忙，而我也把所有的欧洲料理手法运用在海豹上。只不过最后我发现，料理海豹肉时，无论是用煮的、烤的、煎的或烧炙，出来的结果都黑得像木炭。而无论是密封火腿、肋肉排或菲力牛排，味道总是介于牛肉与鱼肉之间。不过，他们俩对我的种种尝试都赞不绝口，我也必须每顿饭都准备海豹料理。这两位猎人似乎光吃肉就能过活，这一点令我相当难过，因为我不得不承认，我早就吃腻了这种黑色动物了。

对我而言，这只海豹毋宁为我打了一支强心剂。打从它来到这里，打从它心甘情愿地躺在我们屋前的锯木架上，供我一日三四餐取下它的肉，它就宛如善精灵的恩赐似的，似乎永远吃不完；打从我目睹光靠一颗子弹就能从海上取得一整间肉铺，我对未来维生素来源的担忧便大幅降低了。

我猜时序来到八月底了。总之，目前是晚上，因为太阳在北方相当低的位置，我这才算是初次见识到冷岸岛的真面目。

我不知为何突然惊醒，或许是因为有如长生不老药清冽的新鲜空气吧。我从床上透过两扇开着的门向外眺望。这是打从我们来到这里后，我第一次看到在阳光与寂寥下潋滟的蓝色大海。我蹑手蹑脚地溜了出去。

好美！我们住在地球上美得无可言喻的一方土地上。在我们眼前，壮丽的海湾画出一道大弧线，最后在北方延伸入海。大海的那一头，高低起伏的山脉险峻又浪漫，自一片深碧间插向土耳其蓝的穹苍。在这些尖顶山岭四周，宽阔的冰河在阳光下闪着光，往下流入峡湾。海岸边的黑色山脉，庄严地横陈在阳光下，奇特的锥形和白皑皑的山峰沟槽，神似日本的富士山——线条简单、宏伟，近似在日本图画上经常可见的山形。

一座座"富士山"沿着我们的海岸向南列队而去，距离愈远，墨黑的色彩也逐渐化开成赭色调，各种红一路变化，最后幻化成青紫色。这些浓得化不开的色彩是我们从未见过的风景，最多只在上等花卉中才有幸见过。而这一切，都在神圣的静默中散发出超越凡俗的清透。两只低飞的海鸥悄无声息地飞掠过我们的小屋，进入峡湾，它们的身躯在极昼阳光的照耀下，泛着红色色调，宽阔的翅翼闪闪烁烁，有如土耳其蓝穹苍中点点深浓的蔷薇色。

我又回到床上，却再也无法入眠，只觉得自己仿佛窥探了天国景象。

清晨五点，两位男士还呼呼大睡，我已起身。今天我在户外梳洗，东方的太阳已经高高挂在黑色山脉上方。屋子后面，黑色油毡墙面反射着日光，变得暖烘烘的。两位男士曾从伊斯峡湾捞起一只上过白釉的圆木桶，送我当浴缸，我将这只浴缸注入淡水，再从海边提来满满一桶海水，洗了一场畅快的盐水澡。

在北极阳光下洗完这场冰冷的盐水澡,我感到此生前所未有的健康和舒爽。小屋里逐渐热闹起来,很快地,这两位男士就刮好胡子,穿上新洗净的工作服现身了。

我们三人心情愉悦,喝着咖啡、吃着冷海豹肉,外加满满一小钵的蜂蜜,欢庆阳光再现。

今天,他俩没在屋中待上多久,便携带猎枪登上小艇,而我也不得不扔下我们这个小家庭的家务,伴随他们来趟小小的狩猎之行。

小汽艇从页岩构成的黑色海滩旁疾驰而过,远方,在灰岬海滩末端没入海洋之处,我们见到了第一群黑色绒鸭,并且猎获了两只。接着继续向前进,我们的汽艇接近一大群绒鸭妈妈,它们正率领出生才几天的鸭宝宝,在阳光普照的水上悠游。在这种季节,两位男士决定饶了这些母子一命,但它们应该已经吓得魂飞魄散了。卡尔——此刻我简直想打死他!——开着汽艇笔直冲进这些绒鸭家庭中,吓得绒鸭宝宝吃力地游动着,以避开这个轰隆隆响的汽艇怪兽。

它们划动强健的蹼足,宛如一颗颗小毛线球般在水上奔逃,最后它们发现游得再快也没用,于是顷刻间,全体绒鸭宝宝仿佛接到指令般,同时潜入海中。现在,绒鸭妈妈们终于放心了，它们不用担心自身的安危，冷静地让汽艇从身旁驶过。

接下来的狩猎行动就比较难了。警告的浪潮似乎在绒鸭之间扩散，提醒它们，海滩附近有危险生物。绒鸭们一见到汽艇，便拍动翅膀飞离水面逃命。

下午，我们结束阳光下的旅程返家，绒鸭两两一组绑在熊柱上风干，准备作为冬天的粮食。卡尔将三只绒鸭连皮带毛剥除，把胸脯和腿扔进锅内烹煮，其他部位则毫不吝惜地扔弃。他们告诉我，绒鸭光拔毛是不行的，因为绒鸭皮很恶心，尤其是尝起来带有鲸鱼油味的皮下脂肪层。再说，废弃物在冷岸岛可是无价之宝。

这顿饭同样黑得像煤炭，不过汤倒是相当浓郁，而细嫩的黑色绒鸭肉，风味则至少和德国的野鸭肉同样美味。

现在小屋内已经打扫干净，我也期待户外可以井然有序。凌乱的室外和完美和谐的风光实在不搭，我轻轻地、偷偷地将动物骸骨和行李、雪板与空罐头等分开来。但我做的事肯定不对，还被两位男士逮到了。

他们告诉我："拜托什么都别动，这么凌乱自有它的大道理。冰锚、破冰斧还有雪铲是屋顶需要的，其他的物品这么摆设，刚好可以挡风。"

但我已经收拾得差不多，只剩小屋前面的石头和骨头了。运用些许想象力，就可以想象这是刚刚竣工不久的石头花园，只不过还缺少植物罢了。

可惜这座"石头花园"让我开心不了多久，因为卡尔用恐怖的花朵来点缀这座花园：第二只海豹有了恐怖的用途，卡尔不仅把除去脂肪的海豹皮绷在新铺的油毡墙上，还把内脏埋进他在小屋四周挖出来的渠沟内，再细心地用较大的石块半遮半掩，就连北极熊骨架也温柔地以内脏装点。

"这是为了引诱狐狸过来。"我丈夫向我说明。

再会了，我美丽的石头花园！我不得不接受这不可逆转的事实。

隔天我们烤了面包。不是两位男士发现了制作酵母的化学公式，他们根本没有伤脑筋去想，不过是运气好罢了。卡尔在猎人诺伊斯的弹药柜中，发现一小罐好久以前没用完的干酵母，我们小心翼翼地将酵母泡软，在一只桶子里加水和面粉搅拌，接着把水桶放在床铺上，用暖和的被子包起来。

平常粗鲁的两位男士，今天简直变了个人，他们踮着脚尖走路、轻声细语。

这时还不可开门，室内相当闷热，而我们满脑子想的都是即将复活的酵母。

好不容易，桶子里的面团终于发了起来，并且在温柔的移动下，汹涌地越过桶缘，溜到暖乎乎的被子里。

水手惯用的咒骂从轻声变成了大嗓门，但基本上气氛依然庄严肃穆。我们都开心极了，这下终于得救——在这座遍布着岩石的岛上，酵母还是可以存活的。我们打算仿效德国同胞培养酸面种，如此一来，我们每天都能享用新鲜面包，延续这数千年来我们已认为是稀松平常的奇迹。

接着，我们开始在窗边的小餐桌上揉面团。小屋呻吟着，两位男士的额头也渗出汗水。飞扬的面粉洒得他们一身白，小屋也变得白扑扑的。炉子上已经备妥超大型煎锅、数只空罐以及所有屋内找得到的容器，火也烧得极旺。由于烤炉故障，我们只能在炉板上烘烤，把小屋都烤成大火炉了。

我逃到屋外，吃着冷海豹肉配炼乳罐头，享受着这明亮的夜晚。如此明亮的夜是如此奇特，一股独特的肃穆笼罩着这明亮的夜，海浪的拍击声仿佛变得微弱，鸟儿仿佛也飞得缓慢——夜宛如白昼的梦境。烤面包的香味钻过了墙，飘散到了屋外。

两位男士不知疲倦地烤着面包直到隔天。松松脆脆、大小不一的面包摆在窗边放凉。

我早已累得躺在床上，耳边依稀传来这个烤面包日落幕时的动静。他们像水手般往屋里倒了一桶海水，洗刷了长椅和地板。凉爽的海风从门口吹进来，我们三人也睡得又甜又香。

隔天清晨，我们吃面包当早餐。面包涂奶油，面包夹奶酪，面包配海豹肉，面包配腌肥肉。好久没有尝到面包味后再次吃到新鲜面包，是何等的享受呀！

在供应过剩的欧洲，人们是无法理解这种小幸福的。

用过早餐后，卡尔拿着他的步枪，把小艇推到海上，出海去了。

"他要驾船渡过峡湾到鲁斯角（Kap Roos），去瞧瞧当地猎场的狩猎小屋情况，顺便设置猎狐的陷阱，大概会有八到十天在路上。"

"可是他根本没有带粮食上路呀！"

"他有步枪。"我丈夫笑了笑说。

我们向东走，来到冰河所在的位置。这里一如我们走过的其他路线，几乎看不到任何生物，只有偶尔从黑色岩石间探出的一朵小花。一朵淡黄色的罂粟花开在纤细的茎上，迎风舞动；有时也会出现一朵柔弱的毛茛花。这几年来，我丈夫眼中所看到的，除了岩石就是冰雪，因此见到这些花朵时，我完全无动于衷，他却不时因为这些"植被"而兴奋不已。我把这些植物统统吃进肚子里，把它们想成是富含维生素的蔬菜。

有一次，我们在黑色山脉底下见到一只苍蝇，它在一小片苔藓上低低飞行，似乎惊惧地抗拒着，避免被风和辽阔的空间吞噬。

米　可

有一天，"米可"来到我们住的小屋，它理直气壮地高踞我们的垃圾堆上，在空铁罐间翻翻找找。在欧洲，它那丝绸般的雪白皮毛，仅会在盛大的场合、优雅的仕女颈脖上看到，如今却在垃圾堆上露脸，实在太突兀了。但它依然专注做着这种令人倒胃口的事，对我们这三个站在小屋门槛上的人类瞧都不瞧。

秋天第一只雪狐来访，这可是猎人们的重要时刻。雪狐，尤其是幼狐，尚不懂猎人的心思，往往会与人类非常亲近，几乎每天都会来我们的小屋玩耍。两位男士表示，这只雪狐也会成为"家狐"，因为它年纪还小，对人类还没有过不好的经验。

这只雪狐无论身形或毛色都近似白色狐狸狗，体型不太大，但尾巴长而蓬松，这一点倒是与狐狸狗有别。雪狐颈毛竖立，使得它们的脸显得较圆；它的眼睛大而色深，毛茸茸的耳朵小而圆，口鼻部尖而黑，舌头则是绯红色的。

卡尔用挪威话呼唤它，帮它取名叫米可——挪威人把每只雪狐都叫作米可——并且扔了一些奶酪块到它脚前。卡尔帮它取这么可爱的名字，却同时以专家的目光估量它的皮毛价值，说特罗姆瑟的莱夫·安德斯（Leif Anders）是不会花三十克朗购买它的皮毛的。

"那你们就别杀它了！"我乞求他们，"那三十克朗，我到欧洲再给你们，就饶了这个漂亮的小家伙吧！"

我已经抛弃自己曾经想拥有雪狐皮毛的梦想了。打从我见到一只活生生的雪狐，我就不希望它们死，米可应该留在属于它的荒野家园。

"等天气变冷了，米可的皮毛就会变得很漂亮。"我丈夫说。

"不会，不会，"卡尔不屑地反驳，"还不是个狗屁样，米可的背毛太短，而且它毛上的灰斑也不会消失。"（在挪威语中，"狗屁"不算是粗话。）我以为卡尔跟我是同一边的，于是试着碰碰运气补充说："没错，而且尾巴太长，脚

54

太短，没有哪个淑女会想披在脖子上的！"我偷偷朝卡尔眨眼示意，但他却避开我的目光，不解地望着我丈夫，我丈夫则把目光移开。这时我意识到，想保住米可这条年幼的生命，我和这两个铁石心肠的男人之间，势必会有场硬仗。

"可怜的米可，你根本不知道你把自己送到猎狐人手上了。聪明一点，离开这里，去没有人类的地方吧！"

米可瞅着我，它凝视着我的眼睛，整张漂亮的脸蛋带着笑意，根本听不懂我的话。后来米可成了我们的常客，它对我们这里了如指掌，它会在不同的美食之间流连，但也如同美食家，每样都只吃一点。它会把白色的鼻子钻进垃圾桶深处，从灰烬和马铃薯皮中间把鸡肠子叼出来，一大段一大段地吞，完全没有咬断。接着它又把一块古董级的带羽禽皮从垃圾堆里刨出来，用白色的口鼻评估，接着把羽毛连同羽茎，一股脑儿吃下肚。

"绝佳的维生素。"卡尔说。

对于丢给它的碎肉，米可则相当不信任。每当卡尔割掉海豹肥膘时，米可就站在附近观察每个刀起刀落；而如果卡尔把不要的部位扔给它，它就一溜烟地跑开，宁可去啃古董级的熊骨头。但它抵挡不了刚射杀的绒鸭和海鸥诱惑，总会叼完快步跑开。

如今，米可就像忠心耿耿的狗儿，陪伴我们走过每一条路。无论我们前往何方，它总会骤然现身，却又摆出一副没有跟随我们，只是走它自己路的模样。

有时它也会躲在石堆后头，仿佛想捕捉鸟儿，或是绕着大石块和两位男士玩起捉迷藏。这时它会缩着身体偷窥，而如果它比他们机灵，它就开心叫着。不过，偶尔它也会在玩到一半时，突然头也不回地跑开。

从前，经常有白色雷鸟成群结队在我们小屋附近飞翔，聚集在我们扔弃的脂肪边觅食。自从米可出现后，它们就变得谨慎多了。雷鸟忙着啄食时，其中一只会蹲踞在高处瞭望，通常是在屋顶上。一待站岗的雷鸟振翅起飞，其他雷鸟便跟着飞上天空。但每当米可来时，总是不见任何雷鸟的踪影。

这段日子以来，米可有了一只蓝色的朋友，偶尔它会带着这个朋友过来，但这只蓝狐从来不曾单独前来。我们都觉得，"阿蓝"想警告米可远离我们人类。米可非常信任我们，甚至会从我们手上吃给它的食物；阿蓝却戒慎恐惧，总是站在一段距离以外，一见到人影，身上的毛便会立即竖起，身体僵住，四肢并拢，像鬣狗般目露凶光与惊惧。

我们外出散步时，有时阿蓝也会出现，试图将米可从人类身边引开，偏偏米可傻乎乎地，依然信赖着人类。

现在我们甚至有了第三只家狐，但它仅在夜间才来。这只蓝色雌狐相当贪吃，它在屋后发现了猎人诺伊斯扔弃的一箱人造奶油。为了这些放置过久，已经出现哈喇味的奶油，每到夜里，我床铺的墙外都会发出窸窸窣窣、喀拉喀拉的声响。隔天清晨，奶油便会减少大约四块。随着时间的过去，这只蓝色雌狐愈来愈胖，皮毛也愈发浓密闪亮，依据卡尔的说法，那是"顶级品"。

两位男士忙着打包装箱，准备远行。直到现在，我依然听不懂他们讲的挪威语，就算我追问，我丈夫也避而不答。但在不久前，他们正式地问我会不会射击。之后我们还举行一场打靶训练，没想到我居然射中了五十步远的靶子。

接着我丈夫问我独自在家时，万一有熊过来，我会怎么做。

"我会在门口摆一碗蜂蜜给它。"

"我就知道你这么蠢，"我丈夫骂我，"如果你不想朝它开枪，就静静待在屋子里。还有，答应我，绝对不要给熊糖果！"

我答应了。接着他们问我，明天他们要前往内地，我是要跟他们一起去，还是要独自待在家里。

　　我当然想一起去。

　　一切准备就绪后，天气却突然转变，北方来的风暴连日席卷，想乘坐小艇出海根本不可能。

航向内地

几天过后突然风平浪静，这种变化在冷岸岛相当常见。由于气压计也显示将会有好天气，于是我们决定早早出发，搭船前往韦德峡湾，修缮当地的小屋，为即将到来的狩猎季节备妥储粮。

两位男士迅速完成旅行的准备，并确保在我们离家的时候，小屋能抵御风暴的侵袭。我们停泊在小海湾的小艇已经做好出海的准备，船上的物资堆积如山，粮食箱、睡袋、工具、步枪、油毡、窗户玻璃、火炉排烟管等凌乱地摆放着，还有一只剥了皮的海豹，准备作为旅途中的食物。

"天气最好的时候，暴风雨就不远了。"这是冷岸岛流传已久的天气谚语，因此，好天气分分秒秒都要善加利用。

匆匆用过早餐后，男士们在窗户外加上百叶窗，把热灰烬从炉子里清出来，并用几根沉重的木柱撑倚着大门。

小艇前方则摆着被子、袋子等，那里是为我精心准备的卧榻。我们的小汽艇轰隆作响，在阳光下迎向远方，迎向新的风光与海洋，一股四海任遨游的自由与无拘无束的幸福之感，油然而生。

很快地，我们就能饱览北海岸与挪威各岛屿的风光。今天，阳光下有着波光粼粼的湛蓝海洋，而有着愁思岬、悲叹湾、狼狈岬、忧愁湾等恐怖名称的海岸，在夏日的缤纷色彩中绽放微笑。

水是如此平静清澈，连海水深处被阳光映照出的淡绿色、闪闪发光的山崖与礁石也看得见；当然也看得到一丛丛伸长手臂，碰触我们小艇的深色海藻。在礁石探出水面处，则是成百上千只在阳光下酣睡的白色大海鸥。

过了灰岬末端，韦德峡湾便在我们眼前展开。在一片静寂与阳光下，那令人悸动的美是如此的天然、脱俗。

我们在一望无际的韦德峡湾上航行了数小时。这座峡湾深入内陆，长达上百公里，我们沿着西岸行驶，时而紧邻着高耸的崖壁航行，时而为了避开河口与大型山谷前方的浅滩及河岸而远离崖壁。东边，一条风光如画的海岸线陪伴着我们，远古花岗岩构成的多棱角山崖，与向下流入峡湾的冰河交替出现，而在奇形怪状的山脉上，则是新弗里斯兰（Neufrieslands）的"玻璃状盾牌"。

我丈夫告诉我，去年春天，他与最高行政长官英斯塔（Ingstad）共同搭乘狗雪橇，在强劲的暴风雪中穿越新弗里斯兰冰层。卡尔神情恍惚地凝视着一个点：愁思岬位于那座山脚下的摩梭湾（Mosselbai）边。同一年，卡尔和来自特罗姆瑟，七十岁高龄的伙伴安德斯·安德森（Anders Andersen）曾在愁思岬一起过冬。这位满脸皱纹的矮小老人也曾在当地过冬，他在出境时谎称比实际年龄小十岁，成功骗过海防官员，才能在有生之年再次以猎人身份，在他挚爱的冷岸岛过冬。

依小屋建造者的信息，我们在某座色彩深浓的山坡脚下，找到了一处海湾秘境上的小屋，作为我们的第一个住宿据点。这里的猎人很有美感，总能为他们的小屋觅得风光优美的位置。当然，在寻觅搭建小屋的地点时，附近是否拥有淡水水源，以及邻近海岸是否能为小艇提供适当的停泊处，也是很重要的考量。但小屋随即像是被风刮走般，瞬间失去踪影，把我们三人都吓了一大跳。但紧接着，小屋又突然出现，屋门和窗户甚至清晰可见，而一转眼间，又从人间蒸发了。

"幽灵屋。"卡尔说，他的身躯滑稽地颤抖了几下。

抵达后，我们爬上了陡滩，这才了解为何出现这种怪现象：坐落在那里的不是小屋，只是小屋的架构。在建造小屋的最后阶段，不是时间不够，就是木料不足。猎户们用小艇载运小屋建材时，往往必须划行数日，因此造这座小屋的本意便不是供人居住，而是用来将狐狸诱至小屋附近的陷阱。

整座海湾在地图上还没有名称，于是我们管它叫"幽灵湾"。

我们沿着海岸步行，接下来的宿营小屋距离此地约四至八小时路程。这些小屋是整座冷岸岛上最独特，也最具历史意义的。这样的小屋曾经遍布冷岸岛各个海岸，如今仅在韦德峡湾才看得到。两百多年前，这些小屋由第一批在岛上过冬的猎人、俄国人建造，包括索洛韦茨基（Solowetzky）修道院的俄国修士。其中一位修士斯塔拉辛（Staratschin）亲王，还曾在岛上狩猎为生长达三十二年。直至今天，高耸的木制十字架依然矗立于户外，见证所有的礼拜仪式。这些先贤的坟墓，则散布在冷岸岛几个视野辽阔的小型半岛上。

俄国人修建的小屋主要以巨大的漂流木搭建。这些树干沿着西伯利亚的河流漂流而下，最后被冲上岸。木头在海中漂流数年，历经强风、日光与冰的洗礼，都褪成了雪白色，而小屋也因为木料的重量而深陷土地中，在茫茫而多石的大地上，宛如苍白的小型娃娃屋。小屋平坦的屋顶上长着草，草的底下则是一层蓝色黏土——这种黏土是猎户们从自己家乡带来的，据说直到今日，仍能使小屋不受雨雪侵袭。

我们第一个见到的俄国小屋"托棱屋"（Torenhüs），屋子的一半埋在砂砾之中，小小的窗户还遭熊破坏，床铺上的海藻则是随着大潮冲进来的，而炉子也已经土崩瓦解。

我们什么也没做，只在这栋小屋附近设下诱饵。

随着我们旅程的距离拉大，西海岸也愈发陡斜。我们行经在浪花冲蚀下，表面呈柱廊状的高耸的岩壁，海鸥则一连数小时跟着我们的小艇，一些海豹更是离我们的小艇极近，近到我们都听得到它们的呼吸声了。幸好今天两位猎人心境平和，只是唱着歌，并不想开枪射击。

我们的下一个目标是臭名远播的"琥珀别墅"——这栋小屋根本配不上这个名称。琥珀别墅是一个盖在俄国废墟小屋上的简陋油毡结构，坐落在一片荒凉的土地中央，当风暴从北方来袭时，海水会淹没小屋所在的位置，因此小屋周围满是水坑和漂流木。海水夹带而来的海沙将小屋的大门压坏了，屋内也随处可见冰雪入侵的痕迹，而一扇歪嵌在墙上的小窗，恰好可以照亮这诡异的荒废景象。黑色屋墙无法承受外头大量泥土的重压而向内弯，床铺歪斜地靠墙摆放，铺在上头的驯鹿皮毛则已经发霉。这屋里所有东西的形状都扭曲怪异，还都被烟熏得黝黑，宛如一幅恐怖的病态幻象。

但这依然阻挡不了两位男士，他们仍决定中午在此稍事休息。卡尔从附近的潟湖取一些冰块用来做饭，再到船上切了一块海豹肉；趁我做饭时，他更不忘说些故事，把我仅剩的一点胃口都破坏殆尽。

据说，这栋小屋会让所有的探险行动遭遇危险，死亡与坏血病在这里阴魂不散——一名曾经在此过冬的妇女，死于返乡的船上；某位"从事大型科学探险行动的男士，在这里失去冻伤的大脚趾。还有，这里，在某个冬夜，有只熊被人从屋顶上的洞口射死。"

听说冬季远行时能在这里过夜，而万一天气恶劣，也能在此住上一段时日，我简直吓坏了。他们果真把存放储粮的箱子、睡袋都搬进来，并且在墙壁挂上好用的炊具。

趁着风平浪静时，我们继续乘坐小艇前进。此刻，沿着小弧形轨道运行的太阳，已经沉落到西方山脉后方，亮晃晃的北极夜色也开始拥抱我们。

这里的夕阳跟德国的不同，它不会消失在地平线底下，而是会一再地冉冉爬升，同时还带着一抹粉蓝的夜色攀升到山脉上方。这种景象之于我，简直是一种奇观——蓝色光线倾倒在奇谲的地景上，赋予大地崇高的柔和与庄严，每逢这种明亮的夜晚，这里的万物也染上这种柔和与庄严。在下一幢宿营小屋的南方海滩前，上百只绒鸭在水面上避风沉睡，看起来就像是一座黑色大岛。它们缓缓游开以避开小艇。在这种季节，雄鸟会聚集起来飞向南方，雄鸟在幼雏孵化出来后不久就会离开冷岸岛；雌鸟会在秋天飞往南方，幼鸟则留在北方过冬。这栋小小的"俄国小屋"苍凉寂静，如同侏儒般矮小、苍白，位于一座陡峭的暗色山岭的山脚，笼罩在蓝夜的魔幻光线中，一点也不像是人类的住所。

我们将沉重的树干从小小的屋门上移开后，便手脚并用地爬过小小的玄关，进入更小的起居室——在这里，我们连身躯都无法挺直，整栋小屋根本就像一间矮小的墓室，但两位男士却信誓旦旦说，冬季长途跋涉时，这里有炉子

65

供暖，相当舒适。

我们在能想象得到最简陋的炉子上烹茶。说是炉子，其实不过只是把一个铁皮桶摆在几块石头上，外加一根排气管，再以扭曲变形的平底锅充当炉板。

接下来的航程，我都躺在皮草袋中睡觉，直到这两名猎人刻意让小艇猛烈地靠上当地海滩，我才醒过来。

张开眼后，我简直不敢相信眼前的景象：红灿灿的朝霞，映照在原本就是红色的土地上。这一带的海是红色的，岩石是红色的，海滩是红色的，就连漂流木搭建而成的小屋也泛着红色调。

这是地球远古时代红色沙漠的沙子——我的问题得到如此的回答。此地绚丽的色彩原本就已令我目眩神迷，如今我还听到更震慑人心的说法：据说这一带曾经有过沙漠气候，地球内部奇大无比的力量，将沙漠的沙变成了山脉，而在漫长的时间洪流中，这里的土地曾经数次没入海中又浮出海面。这座淡红色小屋旁有座小花园，或许是某位猎人因为思乡，将杂草和苔藓采来这里种植而成的。这座未经整理的小花园，大小不到一平方米，但在这无边无际的红之中，出现一方令人欣喜的绿地，实在令人蔚为奇观。

卡尔这位不受色彩与地质景观影响的人，正在淡红色的小屋内煮着艳红的热可可。"我不得不把可可煮得这么浓，"他带着歉意表示，"免得有人发现，在这里我必须用来做饭的潟湖水颜色有多红，沙子有多多。"

我们继续航行，经过大约二十小时后，终于接近这次旅程的目的地了。在清晨的凉意中，整座峡湾都覆盖着薄薄的冰层，这冰层被我们小艇的龙骨划过，发出轻微的喀喀声，裂成了薄薄的碎冰片。太阳得意地自地平线上升起，映照出一片壮丽的风光：红彤彤的陡峭山崖、韦德峡湾的两座峡湾；巨大的米塔-列夫勒冰河（Mittagleffler-gletscher）流入了韦德峡湾，而新弗里斯兰山区也在这里分散成众多奇特的尖角与山脊，自冰河中探出头来。

峡湾中有座名为"交叉点"的小岛——在某段时间，这座岛仅凭着一条狭窄的沙土带与大陆连接。岛上体型娇小的燕鸥发出了尖锐的啼声，绕着我们的小艇飞翔。在一座大型红沙潟湖开口处，阳光照耀在水面上，水上则有无数黑、白色海鸟嬉戏着，那边有个风光绝美小湖湾，就是我们要去的地方。

我丈夫去年过冬的小屋，就坐落在岩石遍布的岸边。

屋顶上压着黑色页岩，墙壁也以同样的材料砌成。在这幢小屋里——或许是这次旅程最大的惊喜，在这座峡湾最偏僻的角落、人们最意想不到的地方——我们发现了一个十分舒适、精致的小房间。阳光透过红格窗帘的小窗洒落进来，照亮了一张铺了桌巾的小桌子、一张舒适的小床和一张小"沙发"。墙壁贴了淡咖啡色壁纸，挂着地图、气压计和野战望远镜，而桌前有一张小小的窗台板，上面有个相框，里面是我们的小女儿的相片。

我们坐在热腾腾的咖啡旁，望着生意盎然、众鸟栖息的潟湖，潟湖后面则是火红的山脉。之后我们便去睡觉了，就睡在木板条和拆下来的门板拼凑成的临时床铺上。经过如此漫长的航程，我们确实需要好好睡上一觉。此刻，熏风从门口吹进来，偶尔还传来一声鸟啼和滨鹬的吱吱声。

我们在这座风光绝美的浪漫小岛上停留了几天。红色沙漠上开了几朵艳黄色和淡紫色的小花，在其中，还有已经长出苔藓的驯鹿角和几具巨大的鲸椎骨点缀。历经数百年的洗礼，这些鲸椎骨已经变白，也蚀出许多孔穴了。小岛的丘陵上有座坟墓，小小的木十字架底下则是一个遗弃的绒鸭巢。

躺在坟墓里的，是一位最大胆的猎人，此人的事迹已经蔚为神话流传至今：这个猎人只身从卡尔王地群岛（Kong-Karl-Land）横渡奥尔加海峡（Olgastraße）后抵达冷岸岛，经过漫长的岁月后，他在这座小峡湾岛上过世，据说死时嘴里还在不断咒骂着。

两位男士将小岛附近的陷阱一一修复，并捡拾薪柴准备过冬。我们在岛上的第一个早上，他们就驾船去取饮用水，回航时还带回满满一船的肉，原来，途中他们射杀了一头髯海豹（一种大海豹，五百公斤至六百公斤）。光是这只海豹的肝，就把一只大桶子塞满了，另一只桶子则装满了海豹血。

卡尔忙着烤血糕——冷岸岛的猎人特色料理——几乎被他自己一人开心地吃个精光，我和丈夫只是看在高维生素含量的分上，浅尝辄止。阳光朗朗照耀，炉子情况良好，还有烤炉可用，而我也找到了烤蛋糕需要的所有器具。就这样，我们三人生活在这座小岛上，有如置身乐园一般——丰饶又无忧无虑。

这一带唯一的缺点是，天气变脸的速度更甚于冷岸岛其他地方。

有一天，天气相当晴朗，我们便划船进入西峡湾，打算去找寻一艘去年秋天被风暴从小屋附近横扫过海滩，吹进峡湾的"飞走的船"。

我们在海上划船前进，发现某些区域都被染成红色了，有如不透明的染液。划行两个钟头后，他们在彼得曼角的低处让我下船。这里的小屋还屹立在原地，居然没有被附近的冰川河冲走，令两位男士相当意外。他们要我在这里寻找饮用水，准备点心，他们则沿着海岸线继续前进，寻找那艘飞走的船。

我提着一只烧水壶外出寻找饮用水。冰河水水色过红，含沙量过多，不适合烹饪。走着走着，我经过有如城堡般耸立的暗色山崖和泛着红色调、垂挂着的冰河冰。这里到处都有难以渡越的冰河阻挡我的去路，而饮用水更是丝毫不见踪影。

我就这么走着走着，突然发现某条冰河的黏质沙地上，露出了一小块蓝格纹的亚麻布。我伸手去抓，慢慢拉出一大块亚麻布来，仔细一看，那是我欧洲衣柜里的布！后来我才知道，丈夫把这块被套充当船帆使用，安装在飞走的小艇上。在这块亚麻布的发现地附近，我在红色的冰河水中找到一小股清澈的涌泉水，一股冰川河中的饮用水源。

我回到小屋，烹茶。小屋的地基已经被某条冰川河淘空，仅靠一些巨大的树干从四面八方撑着，床铺和小桌子都悬在一个吐着水沫的空穴上，桌上还好好地粘着一支蜡烛。炉子所在的位置依然干燥，墙上挂着几只锅具，架子上也有一些餐具。

接着我坐在屋前等候两位男士的归来。辽阔无边的荒凉岩石地景环绕在我周遭，一只小型白色海鸥的凄凉啼声，划破了空气中的寂静。它在我上方高处来回飞翔，最后被一只短尾贼鸥赶走。他俩把这种凶狠的黑鸟叫作"Tyviu"，意思就是"贼"，因为短尾贼鸥从不自己觅食，总是从这种落单飞行的海鸥中掠夺食物。

低垂的浓雾迅速逼近对面峡湾的入口处，这时两位男士也沿着海岸线归来，还带着寻获的小艇，并向我挥手表示，必须在风暴来袭前赶紧把船开回家。这下没有人喝茶了。

我们还没抵达峡湾中间，强风就已经呼啸而至，一大团浓雾滚过海面，在岩壁上密聚成团，接着向上腾起，红色的海面也开始晃动起来。在这片无法透视的浓雾下，一波又一波的浪涛汹涌而来。风力急速增强，两位男士铆足了劲工作着，水都从他们的额头上流下来了。

卡尔的小艇有些裂缝，使得他花在舀水的力气比划船还多；在海浪、风以及撞击而来的洋流夹击下，我们沉重的小艇几乎无法前进。但还好，此时我们正好来到登陆谷（Landingsdalen）的入海处，这里的水相当浅，激浪一路翻滚直到远方。我们能绕过去吗？或是，风暴会把我们吹向那里？

最后我们不得不放弃，我们已经不行了。我们把船开向陡斜的粗沙滩，这处沙滩长不到五十米，左右两侧夹峙着高高的悬崖。

我们的两艘小艇彼此紧紧靠着，船下则是一波又一波的浪涛翻腾。两位男士绷紧了全身每一块肌肉，好让船维持在浪头上。这时一股巨浪呼啸而来，他们只好疯狂划桨，小艇发出嘎吱嘎吱的声响，在浪花上朝着海滩滑动，却又迅速被巨浪打横，下一波的巨浪则将我们的小艇高高向上抛起，甩向漂流木。

"脱险了！"卡尔边说边点燃烟斗。之后他们把小艇拉到岩石与苔藓间较高的位置，并且倒翻过来。我们只能把船这么留在这里，等待天气转好。

现在我们只能步行回家了。我们被海浪泼洒得浑身湿透，雾也沉沉压着。

走在塌砾坡上，我们不时得要爬过一人高的石块。我们的下方是一片怒海，上方是纠缠着我们的浓雾。面对这片辽阔无边的土地，我再次生出自己渺小如蚁的感受，并且隐约体会到秋天他们远行去狩猎的艰辛。

我们必须涉水渡过登陆谷，这里堪称是多条平浅的支流组成的迷宫。总是好心情的卡尔，发明了一种跳过这些支流的方式，他像个爱玩的孩子般"啪"地跳进这些大水坑中央，但这不仅让他自己，也把我们都弄得湿答答的。好不容易我们终于渡过这条三米宽的河道时，全身都已经都溅满红色黏土了。

之后风力减弱了。这风来得快，去得也快，动荡的峡湾再度平静下来，雾气下沉，开始下雨了。此刻，峡湾笼罩在沉重如铅的静寂之中，一只髯海豹躺在平静的海上，在暖风中睡得又香又甜，它的鼻孔露出水面，搭配这闷热的宁静气氛，跟河马倒有几分相似。

翌日，阳光再次闪耀，比那个夏天的任何时候都还温暖。两位男士们前往西峡湾取船。但他们才刚回到家，天气就立刻又变脸，连续两天都吹着强烈的南风。

小屋周围的峡湾浪涛汹涌，偶尔还会有浪沫噼噼啪啪拍打着窗户。此刻在小屋中燃起一盏煤油灯，更舒适了。

"这是这里第一次点灯。"他俩多愁善感地凝视着煤油灯。在这种纬度地区第一次点灯，想必是个重大的时刻。可惜我无法和他们一样多感，毕竟在欧洲，点灯不是什么特别的事。

我丈夫聊起他在这座小岛上孤寂过冬的经历，还谈到他的猎人邻居比约恩斯（Björnes）。比约恩斯每隔一年便会到峡湾对面过冬，而其中好几年，这位对我丈夫关怀备至的朋友，甚至会在风暴仍频的十一月，在大地开始迈入黑暗期还划船渡过峡湾，为他的邻居送上新鲜的雷鸟，当作冬天的储粮。

我们还听他谈起猎杀一条鼠鲨的经过：去年十一月，在最后的朦胧光线即将消逝时，我丈夫错把它当成海豹，拼命划船追赶，最后还好子弹击中鼠鲨的致命部位，否则可能有一场生死搏斗，因为鼠鲨只消用尾巴一击，就能将小船打翻了。

他还讲到雪橇犬西丽（Siri）的故事，在去年圣诞节期间的某个寒夜，它在隔壁的狗屋内产下八只幼犬；还有在这座峡湾内，经常受风暴蹂躏的小岛林林总总的浪漫故事。

天空再度放晴时，我们决定尽快乘船回家，以免碰上秋风暴——卡尔越来越常惊恐地提起。这一次，小艇上只载着从一间小木棚上拆下来的木板，准备用来为我搭建小房间。返家的航程上，在琥珀别墅附近，我们意外遇上峡湾的长浪。空气极度滞重宁静，卡尔预测一场大风暴将会来袭，建议我们中断航程，我却苦求他们继续前进，以免要在恐怖的琥珀别墅过夜。我宁可在风暴中翻船、在寒冷的水中游泳，并在荒凉的陆地上徒步前进，也不要在那里过夜。

但接下来的航行实在太惊悚了，蜃景扭曲了万物的轮廓，陆地看起来也仿佛被洪水淹没。卡尔不再唱着逗趣的歌，他的烟草也没了。我有点晕船，我丈夫则在暮光中探查水里是否有浅滩时，差点摔出了船外。但与此同时，天空上，在辉亮的暮色中，第一颗星开始闪烁。许多个明亮的夜晚过去后的第一颗星。

两位男士变得浪漫，我却晕船晕得厉害。长浪这么高，想通过灰岬前端的礁石区实在不容易，所以当我们终于抵达灰岬海滨，离船跳进水中时，我们忍不住谢天谢地。浪涛如此汹涌，想保持双脚干燥上岸是不可能的。我们发现小屋依然跟离去前一样，只不过吊挂在那里的洋葱已经发了芽，有如攀缘植物般卷绕在窗前。

阴影笼罩大地

　　整整一个月，我们曾有过真正的昼和夜，但现在白昼急速缩短。说是白昼，其实不过只是由朝霞与晚霞组成。太阳恍如一颗红色火球滚过群山，而当它偶尔从山峰后面经过时，会在弧度平缓的轨道上，从群山缺口处露脸窥探。我们的影子拉成好几米长，当我们在户外工作时，也可以感受到自然界辽阔的薄暮氛围。

　　我们有很多事要做，我们都认为必须紧追离我们远去的太阳，把握最后的阳光。

　　此时，雷鸟也从山上飞进山谷，一旦发现雷鸟群的行踪，猎人们便会揣起步枪奔向黑色山谷。我们需要雷鸟作为冬天的粮食，据说雷鸟不会在冬天滞留灰岬，而是飞往他处，寻找植物较繁茂的地点。因此趁着它们还在灰岬歇脚时，猎人们必须要发现它们的踪迹，予以射杀。

若不是见到了成群的雷鸟，想发现它们是相当困难的。灰岬的地面遍布着黑色石块，而此时此刻，白雪覆盖在零星的石块间，看起来跟雷鸟身上的黑白斑点极为相似，这种保护色使人类仅能在一两步远的距离才能发现它们。此外，雷鸟又聪明得很，知道猎人接近时要"呆"立不动，因此就算你从雷鸟群聚的石块地面经过，也可能察觉不到它们的存在。一直要到危急存亡的时刻，雷鸟才会如海鸥般，轻盈地振翅远扬。

为了捕捉狐狸，也有许多工作需要准备。我丈夫和卡尔削制了上百支"Matstikker"，他们在长棍子末端绑上鸡头、鸭头当作诱饵，只要狐狸拉扯诱饵，装置好的"机关"就会塌下来，让压着大石头的木框重砸狐狸脑袋，使它当场毙命。

在匆忙之中，我的小房间也完成了。这个房间有双层墙壁，房间里的墙壁钉上了粉红色厚纸；地板也是双层的，中间填塞了火灰，极为致密。房间只有两个多平方米，但是一应俱全，应有尽有：一张床、一个大架子、一张小桌子。小桌子从窗户下方的床延伸到对墙，还装了一只抽屉充当盥洗台。这个小房间相当雅致、优雅，透过扁平的低矮小窗，还能眺望南方的山岭，而小巧的火炉也散发出舒适的暖意。冷岸岛的煤会结成团块，可以燃烧一整天。

有空的时候，我也会善用最后的阳光，沿着海滩捡拾桦木树皮。这种不知从何处漂来，上天送给可怜过冬者的恩赐，是生火时绝佳的火绒。

海滩上，随处可见形形色色的悲剧纪念物品，例如船舱板和救生圈，上面的船名被海水泡得褪色了；我发现一块小木板，上面还有清晰可辨的"Cpt.Nobile"字样。

所有可能派得上用场的物品，包括被冲刷上岸的衣物等，我都会一一捡拾回家。在这里，任何东西都非常珍贵，卡尔捡了一些生橡胶来补鞋底，是世界大战时期沉船漂流过来的，而不久前，他还得意地带回两条据说是桃花心木的桌脚，打算拿来雕刻。

不过，最努力追逐极地最后的阳光的，还是我们的小米可。现在，它每次都只匆匆且短暂地在小屋一带现身。它的收集癖已经近乎疯狂了，所有没有被钉死的物品，都会被拖进它的窝，而且不只是可以吃的，不久前它甚至快步偷走温度计的竹竿，就连准备日后用来对付它的捕狐器，都被它叮叮当当地叼走。

米可为了过冬而收集，却浑然不知，这些都是为了它的死而设的。我不断询问他俩，有没有什么办法可以放过米可。卡尔说，这么一来，他就得设陷阱活捉米可，但这么做的话，我们一整个冬天就得留它在小屋里，以免它落入狩猎区的陷阱。卡尔曾经在扬马延岛（Jan Mayen）上活捉过狐狸，他说养那些狐狸很辛苦，他们不想为这种莫名其妙的事浪费时间。时间很赶，他们想在黑暗来临前巡视两个大狩猎区。

现在，米可夜里会在小屋附近睡觉，以此展现它对我们的忠诚。它会缩起身体，把蓬松的尾巴搁在鼻头，躺在它的麦秆窝上睡觉。这只睡眠中的白狐与依然笼罩在奇幻光色中的静夜，简直是天作之合。米可仿佛化身为神秘冰雪时代的一部分，而这个时代又蕴藏在大自然冰冷的寂静与澄净之中。月亮悬在透明的苍穹上，如此巨大又如此靠近，不像在欧洲那么遥不可及又散发着清冷的光芒。在这里，月亮似乎属于我们的世界，属于轮廓清晰的冰雪风景构成的清晰图像。

米可的行为开始有点畏缩。两位猎人说，动物在冬天的晚上都会畏畏怯怯。

现在，米可常常如猫一般悄悄行走，一听到有人呼唤它，它就会吓一大跳。不过，当我外出提饮用水时，它常会从某个地方出现，跟在我身边。

"可怜的米可，你是在步入死亡呀。再过几天就要开始捕捉狐狸了，他们想要你的命，他们会剥下你漂亮的皮毛，送去远方好多人类聚集生活的地方。

在那里，你会被人装上璀璨的玻璃眼珠，被人挂在上千条璀璨街道的其中一条，陈列在上千个璀璨橱窗中的某个橱窗，和上千件璀璨而没有生命的物品摆在一起。米可，你知道吗？那里的人被大量人造的晶亮璀璨，已经搞得不知道什么是光，不知道光的来去与淡薄微光的魔力。"

我舀起潟湖水，这水如此清澈，连水底锈褐色的藻类都清晰可见。米可也舔了些清水，但仍然注视着我的举动。接着它突然抬起头来凝视着我，仿佛这辈子第一次见到我。它那对睁得大大的、绿光荧荧的眼睛闪现出惊恐，接着它跳开几步，便头也不回地越过黑色的砾石平地，消失了。最后，在黑色的崇山峻岭山脚处，化为我眼中极其渺小的身影。

或许在黑暗逐渐增长的时刻，动物能预知未来，并且识破人类的真面目？

有一次，两位男士还忙着削削刻刻时，我站在小屋门槛边，远眺着南方逐渐放晴的天空。这几天天空总是浓云密布，如今却在美丽的朝霞中绽放光芒。

中午十二点太阳升起，而太阳才从地平线上露出半张脸，随即又沉落，失去踪影了。过了好一会儿，我才蓦然惊觉，这是今年最后一次出现太阳的恐怖时刻。我跑回屋里。

"没错，"他们一边冷静回答，一边继续削削刻刻，"今天是十月十六日，要等到二月二十五日，太阳才会回来。"

我算了算，这表示黑夜会持续一百三十二天。

两者角力之下，日渐转弱的白昼光线与日渐获胜的月光，为这片冰雪般清透、无比荒凉的大地带来令人困惑的对比。每逢天空变得清朗时，总会出现崭新的景象。

今天，白昼已然消逝的天空散发着蓝光；而在北方，红黄色的月亮则峭立在雾霭前，宛如远方大火的反射，逐渐清晰的极光则在红色调的光线中从天空飘掠而过。那温暖、闪亮的月光与极光，恰好与天空的冷蓝色调形成对比。月光映照着蛋糕山（灰岬有三座沟纹山，我们把外形像奶油圆蛋糕的叫作蛋糕山），但前方山岭的山麓小丘却躺卧在阴影里，看起来像是在阴暗的山壁后方，裂开了一道地狱入口，而被月光照得极为明亮的巨大蛋糕山，正凝视着这个入口处。

极地世界缓缓没入阴影之中。这幕戏剧在无边的寂静与远离尘世的氛围中，上演着一出奇谲的变化，这种景象已经不是为人类肉眼所造的了。

在这绝美的朦胧光线中，那些去年风暴冲刷过来的漂流木，显得比平常更白（漂流木是我们想赶在暴风雪来临前捡拾的）。米可从我们后方跳上前来，把我们碰过的木头全都叼走，仿佛那是可以吃的东西。

这些漂流木有的湿漉漉的，重如铅块；有的却孔隙密布又轻如纸。卡尔在船上沿着海岸一路跟随着我们，我们则把漂流木丢给他。若碰上非常粗大的树干，我们就先锯断，再将它们滚进海里，让卡尔载走。

卡尔在船上悠哉地干着活，他对奇谲的光线要么不看，要么不想看，只是开心又自在地唱着心爱的歌曲：

> 我老婆一点也不苗条，
>
> 她的缺点百百种，
>
> 她大手又大脚，
>
> 牙齿也少了好几颗，

可是——她是我的老婆哟。

十月二十日，预计捕捉狐狸的日子一到，他俩便沿着峡湾进入狩猎区装设陷阱，我也跟着去。经过前十个我认为对米可危险的位置时，我对他们又是恳求又是轻轻推撞，使出浑身解数撒娇，最后总算如愿。但到了饮用水泉时，他们却停下脚步，准备在这里设下第一个陷阱。我没有继续跟随。他们拿着刺着鸡头和鸭头的恐怖花束，亲切地向我挥手道别，并且请我明天同一时间再来这里一趟，把"它"从陷阱里拉出来，"把它装进背包带回家，后腿吊起来，挂在小屋玄关的通道上！"

我哀伤地走回家，对屋内的事提不起劲，不想睡，更不想在阴暗的清晨醒来。风暴与海洋呼啸着，而我脑子里想的，都是死在陷阱里的米可。

晦暗的白昼稍微亮起时，我背起背包前往水泉处。我踩着沉重的脚步，雪暴横扫过海面，激起巨大的浪涛。我在心中不断骂着："冷酷的大自然！冷酷的大自然！"

我在水泉附近，发现雪地上有新的狐狸足迹。当然啦！米可一定经常来这里喝水。而当视线暂时清晰时，我看到陷阱里有只白狐。陷阱似乎没有准确击中，我从远方看到那只狐狸正用爪子刨着雪，想挣脱开来。我滑着雪板赶过去，但等到我抵达时，那里又是一片寂静，只有风在抚摸着米可的毛。

我犹豫是否该将它拉出陷阱，在它开始进入死亡之眠时干扰它。我伫立良久，一阵阵雪暴从寂静的陷阱上方刮过。

我眺望着涌动的大海和风雪交加的海滩。那里！这是幻象吗？米可还在呼吸——太可怕了！我没带枪，无法缩短它受苦的时间。那两个男人怎么没来，他们知道该怎么办——偏偏浩瀚的白色大地毫无动静。如果米可再刨一次，就表示它的生命力还够，到时我就将它放出陷阱。

米可又刨了一次——尽管已经略显乏力。这时我冲上前去，把大石头从陷阱上移开，再将框框提起来。米可抬起头来，它没有受伤，只是露出难以形容的表情望着我。我哄着它，但它眼中的惊恐并未消失。它似乎口渴了，我跑回家去，想拿温牛奶给它喝。哦，这个世界顿时焕然一新，汹涌的波涛变得比较愉快，比较有生气，仿佛注入了新的生命。小米可还活着！

当我回到陷阱那里时，米可已经离去，但我丈夫站在那里。

"我早就料到，"他说，"是你救了米可的，我遇到米可了。"他继续说："它朝着峡湾跑过去了，当然远远地避开我。"

隔天我向卡尔坦白，说我把米可放出陷阱了。

"米可的皮毛不好。"卡尔笑着说。"没关系！米可再也不会落入陷阱了，它会是灰岬上最长寿、最聪明的狐狸，还会生下上百只小狐狸。"他安慰我。

后来，我们再也没有见到米可了。

独自在小屋

我独自在风暴最严重的一区。我记得在探讨北极的书里，这叫作暴风雪。不管怎样，我在欧洲从未经历过类似的情况，在小屋里聆听，这风暴仿佛是一辆不断在高速行驶的火车，经过无数个铁桥、通过永无止境轰隆作响的隧道。

一连九天九夜，风暴都未曾止歇地呼啸着，而最糟的是，两位男士都出门在外。暴风雪就在他们离去后几小时来袭。

由于风暴可能会持续一段时间，所以原本的计划是，他们两人会留下一人陪我，但我拒绝了。我知道，两人联手工作能进行得较快。

我丈夫朝门内呼喊："我们走啦！我们不能再等待天气好转，十三天后我们会回来。别担心，如果我们在外面待得较久，浮冰浮过来，或是有熊接近小屋，那你最好朝它胸膛开枪。就算它看起来好像死了，也一定要朝它脑袋补上一枪。弹药筒我们帮你放在桌上了；还有，好好生火取暖，让狐皮出水，也要注意温度。"

他们走了。他们离开小屋时，我只听见几次雪板滑行的声音，接着一切又复归寂静。屋外还灰蒙蒙的，密密的雪花从天上飞舞着降落。我很庆幸自己不必跟他们去，可以好好地继续睡觉。

我醒来时，已经是中午，天色没有变亮，偶尔有强风吹来，敲打着小屋墙壁。风力迅速增强，响亮的呼啸声中夹杂着风暴特有的低沉声响。哦不，这种天气并不适合那两位男士在外奔波。

我蓦然想起小屋前面所有必须避免遭受风暴破坏的物品。我匆匆穿好衣服，没有多想就冲到屋外。

我第一次见到这样的冷岸岛：天摇地动，暴雪有如大洪水般横扫陆地、小屋，并聚成雪云，席卷黑魆魆的海面。长浪朝着大海涌去，暴风在高空翻腾，发出管风琴般低沉而绵长的啸声。

护窗板已经遭雪掩埋，我必须将它们铲出来放在通道上，但偏偏雪板插在某个避风处的地面上；小艇斜斜地逆着风，都快被吹走了。我的视线穿过暴雪，看到小艇里面露出一些大石头，看起来已经做好防风准备了。这时温度计显示气温是零下十度。[1]

小屋里燃料不多，所以我开始把堆放在墙脚边已经锯短的大木块劈开。听两位男士说，这种暴风可能会持续三周，我拼命劈呀劈，虽然我站在小屋的背风面，但今天这种工作依然异常辛苦，旋飞的风吹雪打在我脸上，吹进我匆忙之中没有塞紧的"Anorak"[2]，现在它冻成像一根硬邦邦的筒子，竖立在我的头上。好不容易我才把所有可以拿来当柴火的木头都扔进屋里，最后也把斧头和砧木搬进来。

接着，我着手准备做早餐，偏偏这个该死的炉子就是不肯烧起来。炉子的通风管把所有的火焰都吹熄了，耗费我许多耐心、煤油和海豹脂肪后，火才终于烧了起来。但紧接着又上演风暴来袭时少不了的戏码：热气从烟囱散出去，烟雾却往屋内窜。当我手上捧着一杯热咖啡时，屋外

1　本书所使用的气温均为摄氏度计法。——编注
2　一种仿因纽特人衣物的连帽风衣。——原注

已经漆黑一片了。

风暴仍然持续增强，低沉、呼啸的声响也增强了，成了一股不停歇的轰隆巨响，还听得到从远处岩岸开始传来巨浪逼近时的深沉拍击声。小屋里非常不舒服，炉烟乱窜，尽管烧了火却还是很冷。风从木板墙钻进来，吹得可怕的狐狸皮在风中轻微摇动。我虽然穿着皮毛背心、戴着毛帽，却还是冷得要命，而在最早一批因为贪吃而丧命的狐狸中，那只爱吃人造奶油的蓝色雌狐皮也不再渗出水滴了。

我心想，强劲的东北风暴还要多久才会把流冰吹到我们的海岸？还有，北极熊是否会随着最先到来的流冰过来？卡尔是这么说的。另外，我是否该开始缝窗帘了？这样熊往屋内窥探时，至少我可以不用看到它？为了争取这点好处，我不妨开始执行这件小工作。

我立刻把那块蓝格纹布，也就是我在西峡湾找到的船帆找出来，匆匆缝好。

偏偏我的双手不但冻僵了，还被煤烟熏黑，而雪上加霜的是，我的小灯也熄灭了，使得我置身黑暗中。我在暗中寻找煤油瓶，找是找到了，瓶子里却空空如也。如果我没记错，煤油桶应该在外面，在小屋和海滩之间，可以用橡皮管把煤油加进瓶子里。不过，眼下我没心思在黑暗中做事，而且天晓得，这个时候出去，我是否还能找到回家的路。

就这样，我就着炉火光坐着，同时想起某个猎户妻子的悲惨命运：她一整个冬天都独自待在小屋中，摸黑度日。

那位跟着丈夫来到冷岸岛的年轻女子，是个北挪威人。某年秋天，猎人划船前往峡湾对岸布设陷阱，并且取回他放在当地的一桶煤油。但那时流冰漂进峡湾，使他回不了家，他必须等到春天冰面冻得够坚固了，才能步行回来。他的妻子在孤独无援的冬夜里产下一名婴儿，孩子活下来了，如今长成了壮小子，但妻子在经历那次的漫漫长夜，承受种种恐惧后，最终精神崩溃了。

炉火每次都快速烧光，想要不再耗费珍贵的燃料，除了去睡觉，还有别的法子吗？

我摸黑进入我的小房间。这里好冷，我衣服没脱就直接爬上小床。尽管想睡，我却睡不着，因为这里甚至还更吵，除了风暴怒号，所有斜倚着东墙的柱子和厚木板，砰砰砰地敲打着。风在火炉排烟管中呼啸；屋顶上，几只不知何故放在那里，已经剥除皮毛的狐狸尸体也冻得硬邦邦的，它们正叩打着、拍击着屋顶。

这种风暴有可能将小屋吹走吗？我心想，否则，为什么每间小屋都压着粗大的树干？卡尔不是讲过，有个猎人深恐风暴会将他的房屋吹走，因此躺在小屋地板上好几天吗？这些小屋并不是掘洞建造的，只是像个箱子般，搭建在多石的地面上。

现在风暴更加强劲了，很快地，已经无法分辨风暴声和其他声响，耳里听到的只是铺天盖地的噼啪声。

我脑海里看到他们俩在咆哮的风暴与阴暗中吃力挺进，他们沿着韦德峡湾永无止境的岩壁跋涉，绕过一座座广阔的潟湖外围。当他们抵达琥珀别墅时，但愿那幢小屋没有淹水，因为从北面进来的风暴，会将潮水冲到别墅所在的位置。而这一切的一切，都发生在黑暗拉开序幕，无情长夜带来的黑暗之中。

尽管无比担忧，最后我还是沉沉睡去了。

上午，我从喀当作响的小屋中醒来，房内一片漆黑，风暴同样轰隆怒吼，我就着火柴光见到时钟显示十一点。我撩起小窗帘，发现窗户都被雪封住，小屋其他地方也漆黑一片，每扇窗户都被冰雪密匝匝地封住了。

生火时，相同的戏码又再次上演，在炉火尚未烧起时，我的手指头都冻得快掉下来了。水桶里已经没有雪可以做早餐，于是我穿上靴子和连帽外套，准备出门取雪。

大门一开⋯⋯怎么回事？小屋前方出现一堵高高的雪墙，所幸在齐眉的高度，还有一个小开口，可以见到外头的惊人景象：大雪狂舞。海岸边，海水与雪高高卷起了好几米；大片吐着白沫的激浪，朝着岸边翻腾而来。

雪从这个小瞭望孔飞舞进来，扑上我的脸，提醒我该取雪煮咖啡了。我原本以为门外的冰层不厚，用拳头便可以敲碎，谁知打到的却是一层厚实的冰墙。原来这堵厚约十米的冰墙，是朝海滩缓缓下降的雪堆。

这可不妙，但与此同时我又放下心来：这下子，小屋不会被风飞走，而万一熊嗅到食物的气味，也就不容易像平时那样侵门踏户了。

我享用了一顿丰盛的早餐，并且拟定了一份作战计划。我必须出去把煤炭和煤油搬进屋里。

我依照计划，开始用煤铲把雪堆中的瞭望孔弄大。只不过，我必须把雪往内铲。等到瞭望孔够大，可以把头伸出去时，我先怯怯地朝北边的地平线瞥了一眼，幸好那里丝毫没有"Islysning"[1]的迹象，浮冰尚未靠近。这使我勇气

---

1 即冰原反光。海面上大面积的冰会将亮光反射到天空；反之，在主要是冰面的海上，没有冰的地方反射到天空的光则较暗。——原注

倍增，我把肩膀塞进挖开的瞭望孔，身体又是前屈又是转动地弄出一个出口，接着头先脚后滑出雪堆，再爬行几个手臂的长度，就爬到了柴堆，煤袋也放在那里。风暴太强，根本不可能站直，我只好手脚并用地爬行，努力爬向柴堆的背风面。

抵达后，我想把放在柴堆最上头的袋子拉下来，却发现这些袋子都冻粘住了。这也难怪，毕竟激浪的浪花一路喷溅到这里，偶尔还会有大量冰冷的海水打到我脸上。我用力拉扯，好不容易有个袋子开始松动，但底部已经被冻到粘住还破掉了，煤炭也掉落到雪地上。

一瓶煤油在这些袋子之间露出来，我把煤油瓶塞进外套口袋，并且因为发现了这件珍贵物品而欣喜万分。第二个袋子比较松，拉得下来，只是即使我身体向前弯，也没办法将它拖着走。

这时我想起，我曾经看到一具老旧的船形雪橇，就倚在小屋的墙上。这种时候雪橇可以帮上忙，于是我手脚并用地朝着小屋爬回去。半途中，我看到雪堆中露出雪铲柄，便用双手把雪铲挖出来。

我印象中，船形雪橇放在小屋的后墙，可是我根本没办法到达那里。风暴俨然一堵墙挡住去路，想要前进却寸步难行。

我决定碰碰运气从西侧挖起，因为这里可以避风。这堆雪很轻，雪铲又大，很快地，小屋大门就没有障碍了。接着我沿着屋墙挖出一条沟，并且发现了好多宝贝：两瓶煤油（现在我想起来了，这两瓶煤油就是为了风暴来袭而存放在那里的），接着我还找到了木屑、劈好的木柴，最后也找到了船形雪橇。

可惜这具雪橇严重毁损，我必须先回屋里找工具修理才行。戴着冻得硬邦邦的手套钉钉子很不方便，我必须用上全身的力气让自己在风暴中站稳，再用上所有的毅力与巧劲，把一根钉子笔直地打进去。

接着我像狗一样爬行，拖着在我背后的雪橇把煤炭运回屋里。这时，几乎已经是晚上了。

我再次和炉子奋战，准备做饭，而这次我同样得不时打开所有的门，让浓烟散出去。等到饭做好，我坐在桌上吃这小小一顿饭时，外头已经一片漆黑，而小屋里可想而知也很不舒服，那些清除过雪的窗户上，现在又重新堆起了雪，就像沙漏里的沙粒般清晰可见。

我把新缝制的窗帘拉上，但小屋里依旧令人感到恐惧。外头风暴和激浪怒吼，风也穿透墙壁钻进来。这样的情况持续了好几天，这场疯狂音乐会毫不间歇地翻腾喧闹。

慢慢地，我双手开始颤抖，并且意识到自己在屋内轻轻走动，每件工作都慢慢地进行，仿佛我不想让外头的狂飙之神注意到我。

面对这种北极风暴时，每个人都会再度成为原始人类，感觉渺小又满怀敬畏。复仇之神再度来临，良知起身，有如一头怪兽般反扑向人类。

但到了夜里，我又平静下来了。我想起家乡的女儿，这一点带给了我内心的平静。夜复一夜，我思忖着该做些什么，才能度过这场风暴。

我不能放任积雪慢慢地高过小屋，不管多辛苦，每天我都要把门口的雪铲除，让两位男士历经长途跋涉疲倦不堪后，能够顺利进到屋内。还有，我要尽可能多劈些柴备用。

小屋周围的积雪缓慢但持续增高。小屋后方，也就是雪飘过来的地方，出现了雪檐，这雪檐坚硬如钢，仿佛是一波想翻跟斗的大浪。

每天我都从小屋开始，用铲子从积雪中挖出一条新道路，并且每次都挖出不同的通道：有时往南，有时往西。但隔天清出来的通道总是又被雪掩埋，门前也总是出现一堵白墙。

我还做了一些新尝试，我把柴堆上的一些木头拖到小屋，埋进刚刚铲过雪的通道一侧。在风暴疯狂肆虐时，我使出浑身的力气拼命工作着，而这也是我在这一生中，初次体验到与比自己强的对手搏斗的快感。

可惜我花在这些木头上的功夫全白费了。隔天小屋被雪埋得更惨，我必须先挖开一条几米长的隧道，阴暗的小屋才能重见天日。大雪堆从屋顶上一路向下延伸，直到远处的海滨。如果我不希望将来被雪惨埋，就必须把沉重的木头从雪地上拽出来。

就这样，日复一日，只要天色还蒙蒙亮，我就在外头顶着风暴，以一种我自己未曾见识过的力量，以一种每天都重新燃起的干劲，每日工作好几个小时。

每天早上我都有一种相同的，几近战栗的冲动，想要冲出去作战，直到风暴突然止息。而那一种全新的体验，对我那激昂情绪所带来的冲击，比连日的暴风雪所带来的冲击更加猛烈、震撼。

我这辈子第一次了解，在强大无比的大自然孤寂中，事物拥有了另一种意义，一种与我们那人际关系不断变动的世界中，截然不同的意义。我觉得，一个人要在北极维护他所习惯的文明，有时要比与大自然抗争、保住性命还难。

风暴后的宁静

一夜之间，大地变得一片死寂。大清早我打开小屋大门时，第一次看不到白色雪墙，而穿过雪地的小径也保持昨天我铲出来的模样。这条小径通往一大片庄严的静谧，通往一个我未曾见过、未曾想过的壮美。

天气清朗无比。黄昏时分，高旷、浅碧的蓝色苍穹，笼罩着积雪覆盖的峡湾风光，地球宛如一只乳白色贝壳，在自身的阴影中，飘浮在透明的太空，来自遥远光源的光在太空中晃动、浮动着。在东方地平线的低处上，有一道泛着蓝色与粉红色的圆形亮光，那是太阳的反射；而此刻，在地平线下面很遥远的地方，光线正缓缓绕着地球；我们则生活在阴影处。

但现在，在高纬度区的这里，万物仿佛获得自己的光，仿佛它们在这些最美、最神秘的色彩中，自己绽放光芒。千山万岭，无论是前方奇大无比的，或是远方锯齿状的山，都因为凝冻的冰而呈现玻璃般的晶莹剔透，晶莹剔透的前滩、晶莹剔透的滨海岩石。酷寒与激浪将这些岩石幻化成高而圆的冰穹顶，陡斜地没入海中。

峡湾一片宁静，仿佛未曾受过风暴肆虐，而峡湾水面也映照出满月明亮的银盘身影。远方太阳的光芒缓缓绕行着地平线，几抹悠长的影子倏忽掠过，从峡湾水平面低空飞向大海的，似乎是一列绒鸭妈妈，它们或许是最后一批离开北极的绒鸭，趁环境还没变得更恶劣前；然而，一群遭母亲遗弃的绒鸭幼鸟，却游到了我们生活的半岛。将海岸冻成一块巨冰的狂烈风暴来袭时，这些小绒鸭究竟置身何处？它们到底是找到了躲避这种自然力的庇护所，或者是这种自然力在它们幼小的生命前止步？宇宙的大法则是如何转动齿轮，使每个生命各得其所的？小绒鸭发出细微"咯咯咯"的声音听来平静无比，它们安详地悠游，游进迎向冬夜未知、恐怖的微光暮色中。

我则怅然若失地伫立在海岸边。尽管我的感官知觉无法参透这股笼罩天地间的安宁，它的威力依然将我攫住，而我仿佛已经不在。这种无穷无尽的空间穿透我的身躯，大海的怒号也将我穿透，而我的自我意志也恍如一朵浮云，在撞上坚硬的岩石时消散了。我感觉到周围莫大的孤寂，连一个与我相似的生物都没有，没有任何我见到时会意识到自我的生物。我觉得在无比强大的大自然之中，我失去了我存有的界线，并且有生以来，第一次体会到世上还有其他人类，是上帝的恩赐。

我努力走回小屋，系好雪板，走向辽阔的前滩。

我开始行走，因为我命令自己前进，但我并没有意识到自己在行走。我轻盈得像空气，在罕见闪烁着光的地面上没我的影子，而在坚硬如瓷的吹雪上，我也没有留下任何足迹。

就这样，我几近无意识地走着，没有任何我熟稔的存在可作为依据，就这么走过莫大的孤独；走过没有影子的微光黄昏；走过恒久、凝定不动的寂静。

我几乎没有意识到空气中规律、响亮的咔嚓咔嚓声，几乎无法将这种声响和我的木制雪板行走的声音联系起来；而更加令我感到陌生不安的，则是极度低温下特别清脆的破裂声。接着我来到我设下的目标：一处视野辽阔的丘陵。那里，愁思岬、狼狈岬、摩梭湾等遥远海岸横陈在眼前；

在大海与天空如梦似幻的蓝灰色彩中，宛如闪闪烁烁的白色蜃景；然而在北方更远处，色彩开始分离，在波平如镜的海面上，升起冬夜沉沉的黑暗。

我几乎不敢瞥视灰岬最后几座积雪的巍峨山岭。韦德峡湾就在这些高山背后，向南方延伸，而十一天前，卡尔与丈夫就是在大风暴中从那里启程的。他们的足迹早已被吹散，触目所及，都是冻得坚实且出现裂纹的冰河轮廓。

倘使他俩此刻归来，他们也将成为陡峭的白色山岭山脚处，上面的两颗小黑点，并且在辽阔的前滩、广大无比的地面上，极其缓慢地走来——可是他们并没有出现，浩瀚的白色平地依然空荡、寂静。

我转身滑雪回家，在顺着冰雪封冻的坡面呼啸而下时，在控制肌肉使出全身力气时，我终于又找回我自己，而生命意识也流穿了我的心灵与身躯。

直到此刻，我才察觉我们的小屋外观有多怪异：暴风雪使小屋凸出巴洛克式的飞檐，小屋正面则已经丝毫不像房屋，反倒像是一张折叠复杂的大餐巾。

西部天空逐渐消逝的光线，将这个古怪的建筑映照成亮黄色，与较平坦的前滩纯粹的蓝紫色，形成强烈的对比。

我爬进小屋，依然因为大自然的壮丽光景而眼睛昏花；

相形之下，屋内益发显得逼仄阴暗，人类的住居宛如一出被煤烟熏黑的古怪戏剧。

生火、清除灰烬、取雪、扫地，这些都是把人带回现实的工作，但今天我依然难以提笔写日记。大自然的静谧何以如此震慑我心？这是强劲风暴后的宁静吗？难道我们果真仅能借由对比，才能强烈感受？似乎是这样没错。若没有听过震耳欲聋的歌声，浅鸣低唱就不会感动我们。我们人类不过只是供世界之歌演奏的乐器，我们不是意念的创造者，只是意念的载体。

我愈来愈了解我丈夫说的话了，"唯有独自身处北极，才能真正感受它！"数百年后的人或许会像《圣经》时代的人们迁往沙漠，前往北极，找回真理。

翌日清晨，我凝视着窗外，在银色月光与各种蓝色夜晚的色调中，结冰的玻璃窗闪烁着光芒。又是个带着夜晚静谧氛围的美好一天，但色彩却不同了，一切都在最纯粹的蓝色色调中进行。大海微细的波浪，将海滨的黑色岩石从白雪中冲刷出来。一抹工笔细致的海岸线，则将厚雪的冷蓝色与波光粼粼的碧蓝色峡湾，清透地分隔开来。

想要捕捉这种景色，必须具备老画师的虔敬专注，这种虔敬专注或许会重返人间，到那时，画家便能画得不一样，天空也会再次明亮、清透，而地球与地球上的万物，也将重新获得自身明确的价值。但唯有拥有灵魂与生命之物，才能蕴发这种内在光芒。

今天，我发现家中许多惨况：过去这段寒冷的日子，已经使一些炼乳冻结了，我把还维持液态的炼乳罐用被子包起来，放在卡尔和丈夫的床上。马铃薯同样也受冻，外头裹着冰层，俨然圣诞树饰物般晶莹透亮，我只好将这些马铃薯埋在外面的雪地里，以免它们提早解冻。此外，最最凄惨的是，海豹肉不见了。我最后一次见到这些肉时，它们还插在小屋前的雪地上，还在那三根柱子上头，狐狸是够不着的，而熊也没有现身。唯一的可能就是被风暴吹走。

于是我开始在雪地里搜寻。我顺着风向挖出一条深沟，一路挖到海滩。当满天星斗出现时，我还在挖掘。

我真的很沮丧，海豹既是肉粮，也是冬天的维生素来源。他们俩会对那个让食物结冻、让肉被风吹走的厨娘说什么呢？然而，正当我在小屋附近挖掘时，我的铲子碰到了某个坚硬物体，雪地上还露出一些黑色鬃毛。我从雪地里挖出一颗圆形的黑色头颅，还有那冻得硬邦邦的脖子。

可惜，这只是一只早就被人吃过的海豹仅剩的残骸。

尽管这三种食物危机都带给我莫大的惊吓，但惊吓并没有持续太久。难道我也被那两位男士的宿命论传染了？这是会改变人类的北极大自然所带来的影响吗？在这里，人们会比在其他地方更明白，就算没有人类的狩猎，万事万物也会依照它们既定的路线走吗？

隔天清晨，我从睡梦中惊醒。我听见外头雪地上传来滑雪时急促的沙沙滑行声。两位猎人已经快回到家了吗？我侧耳谛听，但一切依然那么安静，没有任何动静。后来我走出小屋查看，雪地上也看不到任何足迹。

刚才那到底是什么？是幻觉吗？我瞄了瞄我的小时钟，现在是九点。他们如果不顾风暴肆虐，依旧执行原订计划，那么清晨九点时，他们就有可能离开最后一站"琥珀别墅"，动身回家。

我似乎可以确定，卡尔和丈夫正往这里走来。他们一定谈起过我，而我一定是把位于高处的这里，当成唯一的接收站，接收到他们的意念了。我确定八个钟头后，他们就会到家。

我为小屋的大房间生火，将雪融化，并且把家里打扫得干干净净，等着迎接他们。

屋外依然暗黑如夜，月光清朗，但南方升起了云朵，而细微的长浪朝海滩翻滚而来，万物都蒙上新降的雪。当我出门取雪时，积雪已经深及我的膝盖。

我烤了一个大面包，还特地做了马铃薯佐红萝卜和肥肉大餐。可惜他们想吃新鲜蔬菜的话，还得等上一阵子了。

中午左右，天色稍微转亮，我爬上丘陵，来到可以最清楚眺望平地的位置，从那里往下滑出一道抵达小屋的漂亮痕迹，作为迎宾步道。但接下来，气压计上的数字却迅速下降，天空云层密布，绚丽的色彩也逐渐消失，风从北方海上吹过来。

但我持续添加柴火，并且在炉子后方摆好脱鞋，备妥干爽衣物，并融化大量雪水供洗涤用。

我试着烘烤些小面包，用的自然是酸面种。我在耐火砖上，摆上罐头圆盖当作炉板，上面放了一只平底锅当盖子，烤炉就完成了。

时间慢慢来到下午五点，我坐在炉边编织长袜，静候两位归人。依据我的计算，他们随时会到家。煮咖啡的水也已经沸腾了。

现在屋里十分舒适，两盏煤油灯投射出怡人的光线，新缝制的蓝格纹小窗帘也已拉上。桌上已摆放好餐具：亮晶晶的咖啡杯、一只钵中装着俄罗斯奶油，一只钵中盛着分量奢华的蜂蜜，中间则摆上香香脆脆，刚出炉的小面包。

但屋外风雪交加，我拉开窗帘，让灯光投射到窗外的雪地上，这样，他俩返家时，就有灯光可供指引。黑暗中雪花吹过，我几乎已经死心，不再寄望他们已经踏上归途了。

接下来是六点，七点……到了八点，我连最后一丝希望都破灭了。

怀着沉重的心情，我决定独自用餐；今天我还没吃什么东西呢。

我豪气地添加柴火温热食物。那里！一阵强风，炉子里冒出一股黑烟，小屋顿时被浓烟和煤烟子熏得一片黑。我立刻拉开所有的门，我必须站在敞开的门口，才能够呼吸。

外头是一片漆黑的夜，耳边传来远方风暴横扫过雪原的声音，间或高昂，间或低抑。风将松松的雪从被吹得硬邦邦的地面卷起，呼啸着吹过小屋，将冻得坚硬的颗粒狠狠击打屋顶与小屋墙面。小小的半岛周边，怒海呼啸翻腾。

突然间，我听见空中传来某种奇特的响亮声音，有如撞钟一下，低沉饱满、震颤。

我出神地停下脚步，凝神倾听，看这种神秘的声响是否会再次出现。然而，除了风号水啸，只剩一片寂静。

这不可能是我的错觉，我明明听得一清二楚，而且这种声音不可能是从小屋附近传来，是从空中传来的。这种独特、陌生的声响，纯净清澈如金属，在这片死寂的土地上令人吓一大跳。

许多人都说过，冷岸岛闹鬼。在这里，你可能会听见在其他纬度区、在另一种意识状态下听不到的声响！我伫立在黑暗中，心中充满一股冰冷的平静，脑筋却炽热地运转着。那会是什么？难道没有答案吗？到目前为止，我还能勉强对抗恐惧。

我还无法回到屋内，因为屋里不断冒出浓烟阻止我进入。这时我听见一个声音，先是轻微，接着愈来愈响亮。就跟今天早上一样，那是在雪地上快速滑行的声音。黑暗中传来一声："克里斯，嘿！"

我仿佛从沉沉的梦中觉醒，他们回来了！听起来像金属声的，应该是他们的呼唤声，是这股被风暴吹得无法辨识的呼唤声，传到了我耳膜中。

他俩阴暗的身影停下来，高高地站在小屋前新形成的

106

雪檐上。他们哈哈笑着："嗯，你这里看起来怎么样？一定是狂风猛吹吧！"他们跳下来，走入屋内，风尘仆仆、满脸胡楂，身体都冻僵了。他们把我转向灯光，打量着我的脸庞，说："我们其实有点担心你，这可是你经历的第一场暴风雪，何况还是独自一人。"

"而你们居然在暴风雪中上路，我真搞不懂。"

"我们当然要上路啦，我们已经答应过你，十三天后要回来的呀。"

"而今天早上，你们是九点左右从琥珀别墅出发的，对吧？我都听见了。"

"一点也没错！"他们笑着回答。对于我听觉如此灵敏，他们并没有太过惊讶；他们自己也常有类似经验。

一转眼间，小屋就变得面目全非，屋内瞬间满是湿漉漉的衣物、鞋袜外加好多冰冻的白狐。两位绅士最想做的就是刮胡子和洗澡，他们身上的衣物已经八天没有换洗过了。

穆希卡（Muschinka），拿这个过来；穆希卡，拿那个过来！我在储藏室与洗脸盆之间，在滚沸的水与积雪之间，在炉子与桌子之间跳来跳去，觉得自己仿佛一只长久在外飞行后重返笼里的金丝雀，现在正开心地在木棒间跳跃。

我又回到我所熟悉的世界了。虽然我只是陋屋中的厨娘，两名饥肠辘辘、衣衫褴褛的男士的主妇，但现在我总算有人做伴了。

"姑娘，蠢姑娘！厨娘，冒失的厨娘……"啊，这些听起来多悦耳呀！现在我终于又知道我是谁了，现在我又再度拥有我的框界，不会迷失在无以名状的浩渺之中，不再是一朵在宇宙飘散的小云。

丰盛的晚餐持续了几个钟头，卡尔狼吞虎咽地吃着蜂蜜面包，说："每间宿管小屋都该有个等待猎人的女人！"

"而每一间的女人当然都要不一样。"我丈夫逗着他说。

"好，好，这样斯瓦尔巴（Svalbard）[1] 就会棒极了。"

我忙着清洗餐具时，两位大爷则躺在他们的床铺上讲着："在前往韦德峡湾的路上，风从我们背后吹来，我们在强风前头像苍蝇般飞。我们很久都没上床睡觉了，因为夜里洪水一路淹到小屋，不过最后我们还是沉沉睡去，直到隔天下午三点左右才醒来，但那时天色已经太暗，不适合继续赶路。第二天我们早早出发，我们必须摸黑涉过冰冷的海水，因为小屋已经泡在水里了。"

1　冷岸群岛的古挪威名，意即"冷岸"。——原注

我插嘴问："无风无雪的那一天，你们人在哪里？"

"在'交叉点'岛，我们在那里射杀了一头髯海豹。"

"在那么好的日子？"

"没错，至少半吨重。"卡尔兴奋地说。

北极的经历实在大不相同，你可以谋杀、狼吞虎咽，你可以计算、测量，你可以因为孤独与恐惧而发疯，但你绝对也会为太多的美所悸动而疯狂。可以确定的是，你在北极所经历的，永远不会跟你自己所带进去的不同。

暴风再度全力爆发，我们三人却睡得又香又甜。自从两位男士归来，风暴便不再可怕。我在我的小房间里睡得宛如贵族，就像睡在一辆高速行驶，微微会弹跳的特快豪华卧铺车内。

暗夜将至

接下来几天都相当轻松，因为这次带回来的狐狸已经剥了皮，皮被绷开，放在户外长长尖尖的板子上（这样才可以理出时髦的长度），再挂到屋子天花板下风干。

经过漫长的旅程后，现在卡尔和丈夫躺在床上，就着煤油灯光阅读，好好休息一番。煤油灯整夜燃烧。

而我现在则经常独自外出散步。我最爱往峡湾的方向走，往南，朝着太阳消逝，四个月后才会再度现身的地方走。

世界在深沉的昏暗之中，而且似乎不会再从这种昏暗中起身。此刻没有一丝丝的风，一阵透明的雾传送着最后垂死光线的波浪，近与远显得既不真实，也失去了空间差异。

积雪的重山从深灰色的天幕中向上挺立，宛如淡淡的薄影，就像漂浮着一般，没有丝毫重量。深色的水带着节奏，轻柔地依偎着圆形的白色海湾，依偎着河口，并且逐渐转为浩渺大海那黝黯的宁静。而远处，海水仿佛融入了天空的灰。

这种景色完全不属于人间，它似乎沉浸在自己遗世而独立的生命中。这种风光有如一场人间的梦境。一场在蜕化为现实之前，已然可以目见的梦境。

我们称这样的图景为"中国山水画"。这些风光令人想起中国画师极其细腻神妙的水墨画，这种画仅仅借由从淡到深不同层次的灰，利用没有明晰轮廓、似有若无的形状，表现出蕴含着神秘而异常强大的力量。

若说中国画家对大自然进行最深刻的沉思，从而将灵感升华为画作；那么在这里，这冉冉降临的夜（将风景中的附属物件清除殆尽）不过只是将大自然最深沉的智慧表现出来罢了。

我们几乎认为在人类清醒、批判性的视野前，这些景色会消逝不见。然而，这些景象却在它们那奇特的光线中留存，长达数小时、数日。而使北极显得如此不真实的，正是这种不因时间变化的光线，以及难以言喻的寂静。

很难形容这是怎样的感受，漫步在这神秘、辽阔、伟大的土地上，行走其中的人们宛如小小一块烧过的煤炭。

现在我丈夫出远门时，我几乎都会陪伴他一同前往。而无论我们是沿着海岸边、沿着灰岬巍峨的山脉，或是进入通往冰河的岩石峡谷，那些光芒闪烁、新出现的景色，总是一再令我们悸动。

我心想，为什么从未有人听闻过北极的这种雾景？难道不曾有过冬者认为这值得一提？难道这些雾景没能撼动人心？又或者，这些中国山水画存在于这座"雾岛"上，而且样貌千变万化。这一点，竟然没有人特别关注？

北极大自然的这段过渡时期，占了极地半年之久，但为什么几乎没有人描写过这个时期？何况，恰好就在这段时间，人类的情绪会产生莫大的变化？在这段时间，现象界的真实消失无踪，而人类也慢慢失去所有的准则，失去外在世界的种种刺激。

表面上看似有着诸多矛盾与谜团的"极地心态"（Polarmentalität），其起源显然就在这里，而这一点也是不同禀性的个体，对冬夜抱持不同态度的原因。

那些肩负特定任务前往北极，忙着运用自己的智识处理任务的科学家，我们姑且不论，而其他独自前往，并且多少把这里的冬夜当成等待期的人，都曾面临相同的心理挑战。

之前我丈夫总是独自过冬，尽管他宣称，人们会习惯以猎人的目光看待这个世界；他们会利用天光熹微，风暴不过强时外出狩猎；而不去狩猎时，人们在家也有烹饪、烘烤、缝补、写信等等事情要做，够忙的了。

过冬者中，积极正向的人会不断依循本能，创造出自己的工作、活动，从而创造出自己的真实领域，好让自己熬过没有外界刺激的时期。喜欢沉思冥想的人将能回归自我，进入不可思议的慧明境地。然而，那些依随怠惰天性的人，便可能迷失在空无之中，他的感官知觉也会受到过度紧绷的神经所产生的幻象摆布。

"千万别独自去散步。"卡尔提醒，"这种时候很危险，圣诞节前七星期，冷岸岛的坟墓会打开！"

这种迷信挺适合十一月的，因为整个永夜期，再没有比这段最后的光线逐渐消逝的时期，更容易迷惑清醒的知觉、唤醒妄念。

今天是十一月十四日，昨天卡尔执行他的计划，前往海豹栖息数量较多的斯文德森湾（Svendsenbai）射杀海豹。虽然在过去几星期，在我们海岸的海豹都被家里两位猎人发现，并且皆牺牲在那一再令我赞叹的精准枪法之下，我们还是需要更多新鲜的肉，来补充冬天的粮食。

我把两位男士的床单洗好，尽管他们认为再也不可能变回原本的白色，然后我准备把衣衫拿到淡水涌泉区洗涤。我脚底下踩着雪板，一只手拿着雪杖，另一只手抱着洗衣盆，缓缓滑入黑暗中。不久之后，我的眼睛便适应了黑暗，深暗的海水与色彩较淡的海岸清晰可辨，而神秘的朦胧景象也自雾中冉冉升起。

陆地上的积雪吸收了所有声响，莫大的寂静笼罩着万物。我每天散步的路径上，每颗石头、每座小丘我都非常熟悉。尽管如此，我依然不断被错觉蒙骗：有时在看似离我相当近的地方，突然出现一堵陡峭的淡色墙面，结果那是位于一段距离外的矮坡；有时从雪地上冒出一座我未曾见过的黑色丘陵——结果只是颗小石头；有时我见到一面下降的陡坡，等到我滑着雪板过去，才知道是一处平地。在漂动的光线中，物体都受到扭曲、挪移，眼睛已经找不到可以评估衡量的基准了。

好不容易经过三刻钟的路程、充满不确定的摸索以及起初以为是意外，随即意外发现并非意外的意外后，我终于抵达涌泉。抵达我用意志力所定下的目标之后，我再也无法更前进一步了——再过去，就是吞噬一切的无边黑暗。

泉水依然强劲地从积雪底下汩汩涌出，汇聚在蚀空的石穴中，接着化为小瀑布，往下流入大海。冰冷的水冻僵了我的双手，我没办法拧干最后几件衣物。

回家的路上刮起些微的风，汹涌的波涛拍打着覆盖冰层的海滩岩石，北风吹过陆地，将雪尘扬起，吹卷成柱状，接着风再度平息，恢复笼罩一切的寂静。

小屋阴暗的轮廓出现在远处。这段日子以来，每次在同一个地方，我都会兴起一种奇怪的想法，觉得从小屋前头这道最后的海湾涌动的海水里，会出现某种东西，一个阴暗的身影，身体前倾，无声无息地朝着我走来。

尽管这个幻影在我脑海中的轮廓如此鲜明，我仍然不断试着将它从脑海里驱除。奇怪的是，某个冬夜，我在猎户诺伊斯的一只旧书箱里发现了一本过期的《阿勒斯家庭杂志》(*Allers Familienjournal*)，里头一篇谈论鬼怪的文章，居然出现了和我的幻象相同的插图。除了船魔、传说中的海蛇，还画出了从水中出现的黑色身影，身体前倾，缓缓走向它们受害者的模样。

杂志上写着："这是一种出现在渔夫眼前的海怪。"当时我不想再继续读下去，因为不想让这个丑怪物的详尽描述，为我的幻想增添更大的负担。等到天光再临，所有的黑夜都过去，到时我会愿意把这篇文章读完的。但此刻，知道凡是独自生活在海边的人，似乎都会出现这种幻象，这样就足够了。

可惜后来这本杂志不见了，可能被人不小心拿去烧火了。所以现在我连这个怪物的名字都不知道，而也许早在几百年前，民间传说就已经为它取了名。

我加快速度，绕过小屋附近的最后一处海湾。进入小屋后，我因为屋里的暖意、小灯的温暖和友善的光线如此耐心、如此完全孤独地燃烧，感到很开心。

一阵迷人的咖啡香传来，那是我摆放在炉子上，准备在洗完衣服之后享用的。不过，还有第二桶衣服待清洗。现在风吹来了，大海也开始动荡，尽管现在才下午两点，夜晚般的黑暗也已经开始扩散。我听不到也看不到卡尔和丈夫的身影，广漠的空间与黑暗似乎将他们吞噬了。今天，我丈夫前往阴暗的冰河谷，卡尔则在斯文德森湾阴暗的海岸边守候，等待会从那游过的小海豹。我们三人在各自孤独的旅程中都不太开心。

我发现我的路线上有只小动物的足迹。几星期以来，我们在灰岬从未见过任何动物足迹，光是足迹再现这一点，就值得擦亮火柴了。

那是一只雷鸟留下的，我清楚见到除了雪鹗之外，这种唯一在岛上过冬、没有蹼足、脚印是三趾岔开的鸟类。一般来说，雷鸟总是成群飞翔，看来这只落单的雷鸟为了觅食而在海滨降落。我手持火柴跟着足迹走，直到雪地上的抓刨痕显示最后它未觅得任何植物，于是又飞走了。可怜的鸟儿，你来错地方了，在岩石遍布、寸草不生的灰岬，你什么食物都找不到的。

从这里往南，峡湾内有道光闪现，但位置远近难辨。那光相当亮，像是步枪射出的火花，但没有枪声传出，因此我猜想，可能是从斯文德森湾回来的卡尔在点烟斗。

接下来半个小时依然没有任何动静。我只用两根手指尖冲洗衣物，也没把衣物拧干。这时在一段距离以外，卡尔的身影终于悄悄过来了。

我们一起走回家。我问："斯文德森湾那里怎样？"

"那里闹鬼，"卡尔说，"没办法过夜。"

我们都笑了起来。我们两人都知道，鬼只是一种幻觉；但我们也了解，当一个人在孤独与黑暗中失去判断现实的基准时，幻觉也会成真。

我们踏进家门时，我丈夫已经到家，并且做好午餐了。所谓午餐，不过就是把昨天剩下的海豹肉和豌豆解冻后再热过。饭后，卡尔露出即将发生大事的神情，从袋子里抽出一张皱巴巴的报纸——在斯文德森湾的小屋里，卡尔为了排遣无聊读了它。这张报纸原本是在特罗姆瑟包着玻璃灯罩的，卡尔这次出门也带着"灵恩"号的灯罩。报纸虽旧，内容对我们来说却还很新。

"你们来听听斯文德森湾来的最新消息！"他读起一篇篇幅稍长，关于冷岸岛的新闻。报道者以生动的笔触，描述轰隆作响的冰河、浮出海面吐气的鲸鱼；我们还听了一个关于附近的灰岬，名叫伯克湾（Bockbai）的恐怖故事。自古以来，伯克湾便是"Trolle"[1]的大本营。

另外，我们还听到了今年过冬者的消息，听到里特船长的妻子从中欧过来，以便体验北极之夜的"魔力、魅力"（Fortryllelse）。

"这位夫人将会是在地球最北边过冬的欧洲女性。"对我们来说，这些可都是大新闻。这张报纸慢慢从一个人手

1　挪威神话传说中的地精，有时对人类友善，有时又会对人作祟。——原注

上传到另一人手上。我们已经好久没有拿过报纸了，就连背面的广告板都大大吸引我们：

　　腌渍用糖与香草荚：培尔·贝尔贩售。位于佳博格德。

　　约翰尼森：烫发。位于特罗姆瑟。

　　美观、坚固、价廉的棺材，同时供应裹尸布与花圈：汉斯·达尔，位于斯托格特，106 号。

　　您的灯光有问题吗？请拨打 649，找索连森。电器行，位于斯托格特，110 号。

　　在南部的人类世界里，大家都懂得如何让他人觉得自己不可或缺；我们仰赖他人，赚取自己的生活费；这一点，我们觉得其实挺感人的。哦不，我们不该瞧不起文明生活，今晚我们就这么继续聊着：我们不该因为自己远离文明的斯巴达式俭约生活，就谴责他们是文明过了头。哦不，光是基于爱他精神，我们就必须接受精美的棺材、波浪起伏的发型、供应自来水的盥洗台以及破裂的水管。

　　天色愈加昏暗，现在我们被困在小屋里，每个人都找点小事情来做。我丈夫会写写东西、做点研究或是阅读；卡尔总是有物品需要缝补、焊接，有木工活要做。他会修理钟表、步枪或是我们的鞋子；他会用海象牙雕刻刀柄，缝制"Seltöffler"———一种以海豹皮毛做成的可爱小鞋。任何工艺卡尔都粗略知晓，而他也拥有几乎每个挪威人都具备的能力：无论处在何种情况下，都能以最少的物资应急。卡尔堪称是挪威话所说的"Altmülig-man"（万能先生）。

一整个冬夜，我大约会忙着处理这几年下来堆积如山，需要修补的衣物。这些全都需要手缝，其中皮毛睡袋和背心缝边特别长，缝起来也最为辛苦。此外，破了洞的手套和袜子也都需要修补。可惜我忘了袜子后脚跟该怎么补，卡尔和丈夫热心帮我，我们在无奈之下拆了一只又一只的袜子，想弄懂那些神秘的织法，偏偏挪威老奶奶的技法跟德国的不同，把我们都搞糊涂了。两位男士用粗大笨拙的手捏着细细的针，额头上汗珠滴淌，嘴里狠狠咒骂，拼命想发明出新的织袜工法。我丈夫采用复杂的几何工法；卡尔则先织出简单且巧妙的筒状，再把一头收拢。

我们三人轮流负责家事，每人每次负责一整天，而由于我们三人的厨艺差异极大，菜色也就有了可喜的变化。吃肉的日子由男人负责，因为肉都冻得坚硬如石，必须先以斧头、锄头处理。

由我丈夫掌厨的日子，总是少不了燕麦片。他说燕麦片热量高，而且容易准备。早餐桌上就有英式稠燕麦片粥，午餐是燕麦浓汤，而且无论煮哪种肉，他都会加进燕麦片炖煮。就连我们依照冷岸岛猎人的做法，每天烘烤的松脆如饼干的面包，也添加了燕麦片。这两位猎人的食谱不断翻新，偶尔还会彼此交换。

卡尔则是组合大王，由他掌厨的日子，我们就会有雷鸟混搭海豹，或是雷鸟、海豹和绒鸭煮成一道料理。就像船厨一样，他很会在料理上动手脚，还不让人察觉。他也懂得如何制作芥末，还能把冰冻的海豹肉切薄到极好入口，或是在奶油面包上撒胡椒和辣椒，做成"呛辣三明治"。他煮的咖啡是"土耳其式"的，挪威人都讨厌咖啡添加其他东西，他们常在早餐时就用磨成粗粒的咖啡粉煮好一天份的咖啡，而餐后剩下的咖啡浓渣则兑水再煮。他的锡壶整天都在炉板上煨着，每一个冷岸岛猎人在进行另一项工作之前，都会先喝上几口热咖啡。在射杀小屋前的熊之前，猎人若有机会先喝上一杯咖啡，就连熊儿都得静候自己的死期。

由我掌厨的日子，他们则想吃淀粉类食物。但如果你一个星期只有一颗蛋可以用，要制作他们预约的丸子、面疙瘩、煎饼就不容易了。美丽的淡绿色上点缀着黑点的绒鸭蛋，大小虽然是我们鸡蛋的两倍，但它那黏稠的蛋白可是很难打散的。

午餐过后，如果炉板上烘着面包，室内温度则会最高达到四十度，但地板温度仍然维持在零度以下，这时候最适合在中间的位置躺下来休息。我们会躺在床上聊天。两位猎人阅历丰富，他们讲述他们在冷岸岛、格陵兰与白海[1]（Weißen Meer）水域的冰海航行的经历。卡尔在冷岸岛东北方的海上，遭遇过两次沉船，他与同伴们不得不在浮冰上行走，一次被一艘渔船救起，另一次则被狼狈岬的猎户们收容。他还谈起他的"Smafangst之行"[2]，当时他与同伴的船卡在欣洛彭海峡（Hinlopenstraße）的冰层中动弹不得，由于他们没有过冬装备，因此三人仅靠着一只睡袋，脚上套着防护鞋套，就这么穿过新弗里斯兰的冰层前往韦德峡湾，接着挺进迪克松湾（Diksonbai），而当年在狼狈岬收容遭逢船难的他们，居然被同一位猎人欧克萨斯（Oxaas）解救，后来，欧克萨斯划船将他们送到阿德维恩特湾。

1　北冰洋边缘海，深入俄罗斯西北部内陆。——编注
2　夏季的小型狩猎行动，猎杀海豹、收集禽鸟绒毛。可能只身驾驶没有遮篷的小艇，也可能数人共同搭乘小快艇。——原注

卡尔的长途跋涉是非自愿的，我丈夫则谈起他自己算是自愿的跋涉，以及他在不同季节横跨这片土地的经历。像他从金斯湾的过冬营地，穿过霍特达尔台地（Holtedahlplateau），前往伍德湾；还有一次，他跨越"七冰河"前往玛格达莱娜湾（Magdalenabai）；另一次则是前往伊斯峡湾。他说，早春时他曾多次前往邮局，有时独自行动，有时坐雪橇，从北海岸渡过韦德峡湾穿过冰河，抵达萨森湾（Sassenbai）和挪威煤矿区朗伊尔城的广播电台。另外，他也曾横渡贝尔湾（Belsund），前往斯图尔峡湾（Storfjord）。当时他还很年轻，跟随摩纳哥亲王的探险队一同前往。

两位猎人分享他们的观察、自己以及其他猎人的经验，并且在地图上画出穿越冰河、海洋与峡湾冰层的最佳路线。

夜晚——这里的夜晚早就和我们纬度的太阳国度相去甚远——我们就玩接龙的牌戏。冷岸岛的猎人最爱的牌戏叫作"恶女"，这种牌非常复杂，每每令人想破头，还几乎都玩不出结果，但在玩这种牌时，我们脑海里往往还是会盘旋着攸关命运的重大问题，例如"这次狩猎能猎到几只狐狸，几头熊？""浮冰会来？浮冰不会来？"等等。

此时，屋外的世界坠入最深的夜，群山只剩白影，大海只剩黑影——而最后，就连这些阴影都消失，什么都看不见。

在这一片漆黑之中，我们再也无法离开小屋，我只能在小屋附近绕着小圈圈，这就是我唯一能做的"散步"了。屋外没有刮风时，我们就在小屋前面待上几个小时，在防风灯的光照范围内劈柴、锯柴。有时，黑暗的天空会落下毛毛细雨或细雪。

风暴偶尔会持续数日，但这其实是我们与这个世界的真实最后的联结；夜里，小屋内变得一片寂静时，风暴也主宰着我们的意识。现在我们听得懂风暴的语言，懂得它的征兆，就算没看风向旗，也知道风暴会从哪个方向过来。

风暴从西方来时，会先传来激浪拍打滨海岩石的隆隆声，这种夹带着大海呼啸的风，听起来像怒吼，激动、饱满又强而有力；风暴从北方来时，会有不停歇的雷鸣声；风暴从东方来时，总是来得迅速又敏捷。尽管小屋周围的东西早就被雪深深掩埋，但这种暴风总是找得到它可以乒乒乓乓撼动的。

风暴从南方来时，则是忧伤而柔软的，远远地就响起嗡嗡声。风从峡湾南端的山上往下吹时，会出奇轻柔、温和地吹过我们的小屋。每当南风歌唱着，吹过宽敞的山谷时，也总是我们对自己的孤独有着最深刻体认的时刻。

北极奇幻夜晚

十二月中旬，雾气消散。

曾经用望远镜观看月球的人，就能理解人类在见到这个孤独天体那辉耀的冷凝与寂静时的悸动。而我们在无边无际的黑暗中，摸索了几星期之后，如今发现，我们熟悉却又崭新的世界在我们周围光明现身，那种激动也不相上下。

我们宛如置身另一座行星，宛如置身在宇宙中的不同处，那里光芒闪烁的山脉，横卧在一片难以言喻的静谧中，而笼罩万物的光线则诉说着一种无声却激越的语言。

这真的是我们的灰岬吗？这片明亮的积雪大地，躺卧在清朗的空气中静止不动，一座座山岭的每道山沟、每条皱褶、大地的高低起伏，都灿亮而清晰可见。肌理构造千变万化的陆地与岩石合而为一，自黑色大海中白灿灿地朝着黑暗的天空升起。

我们走进这片明亮大地，山谷中的狂风怒吼，飘雪宛如一条灿亮的河，疾疾流过平地，重重山岭却宁静且安定地向上插入闪烁的星空。

这时，天空掀开了明亮的面纱，这些面纱仿佛被最轻柔的微风吹拂，如愈来愈亮的巨浪般漫涌过整片天空。我们凝视着这种天空中的灿亮节奏，直到面纱消逝，然后来到我们身边。我们是在地面上奋力顶着暴风，默默前进的渺小人类。

我们爬上陡峭的雪坡，所有的狐狸陷阱都敞开着，雪急速吹过陷阱。我们从山脊上见到许多耀眼的积雪山岭，耸立于冷岸岛。眺望着辽阔的大地，我们仿佛被纳入这美妙之中，所有感受都涌上心头，唯独不觉孤寂。

我们滑雪奔驰下坡，让背后的风推送着掠过平地，返回我们的滨海小屋。

轻松滑过晶莹的月光大地，真的是痛快又令人兴奋，但奇怪的是，再度回到积雪下的小屋中时，我们也同样感到心满意足。这个小小的空间仿佛一个舒适怡人的影子，依偎在因为这么多的醉人光线而万分悸动的心绪上。

两位男士又想出门远行。隔天我绕着我们的烟囱滑着大圈圈"散步"时，听见他们在小屋里发出低沉声响。他们正忙着收拾、交谈，并且在异于平日的时刻磨咖啡准备携带上路。我知道这是怎么回事了。

"我们只会离开几天。"他们俩出门时如此表示。他们一个朝着峡湾内陆，一个朝东方出发。"我们必须去检查陷阱。冬天时，有时候还活着的狐狸会吃掉陷阱内的死狐狸。"

为了甩开寂寞的感觉，我一如往常栽进了粗活里，忙着打扫、洗涤。我必须一再地爬出小屋，到雪洞把雪装进桶子里，并且再花上同样的次数返家，把桶子里的雪倒出来。不过，能够离开阴暗的小屋，去看看极地夜晚在无声、辽阔的冰雪舞台提供的精彩大秀，总是令我非常开心。

异常璀璨的北极光在天空中流淌，明亮的光束从极高处照射下来，就像一根根亮晶晶的玻璃杆，仿佛垂直朝我落下，同时变得愈来愈亮、愈鲜艳。极光绽放粉红、紫、绿色的光，舞动着，在狂舞中绕着自己的轴心旋转，横掠过整片天空，接着宛如波浪起伏的面纱般飘动，之后色彩逐渐转淡，最后消散无踪。

很快，我的洗衣妇灵魂就孤零零地在小屋里洗着衣服，但其他的感官都神游在屋外旋舞的魔幻奇光中，置身在北极夜晚那不可思议的魔法里了。晾挂的衣物顷刻间便冻成了硬板，我的双手也冻成了冰。根据两位猎人的说法，洗好的衣物在月光下漂白效果特别好。每天，我都乖乖进行我的"散步"，系上雪板，在小屋附近走动：左边十次，右边十次，再远我就不敢了。

灰岬的冰层没有任何动静，也不见任何动物足迹。此时此刻，狐狸会潜入山中寻找雷鸟，雷鸟则栖息在雪中。至于少数依旧生活在岛上的驯鹿群，则在峡湾内陆，在人类未曾踏足、僻远而宁静的山谷中吃草。夜色极美，黑色群山现在仿佛是由白色大理石凿刻而成，一如环绕着我们峡湾，矗立在辽阔海湾上的壮丽山脉：南方是伯克湾奇大无比的岩石宝座；西南方是三角形，平坦的鲁斯角，而西边再过去则是里福德湾（Liefdebai）锐利的锯齿状岩石峰顶。深沉的墨蓝色海洋，小小的黑色波浪镶着银边，轻轻拍击着海滩，我可以听到小小海滩石块随着波浪起伏滚动的声音；北极光群悄无声息地飘过天际。

再也没有比因纽特人对这种神秘的飘垂光线，提出更贴切的解释了。他们认为，在这种光之中能够见到亡者的灵魂。这种绚丽的光蕴含着某种想要俯降地面、想要拥抱我们的含意；蕴含着某种抚慰人心且预示着什么的意味，却又在与世隔绝中静默无比。

如果家人知道这里多美，该有多好！可惜欧洲人只知极地夜晚的可畏。他们或许能从百科词典得知北极的美好，却无法体会置身这种灿亮的天幕下，人类的心灵也会变得宁静、清澄、灿亮。

现在再也见不到一丝丝天光，连正午时也见不到。环绕着地平线的，是沉沉的星夜；月亮夜以继日地在天幕上沿着圆形轨道移动；北极星几乎位于天顶上，而整片星空二十四小时环绕着北极星。

今日狂风再起，横扫过平地，但横卧的灰岬山脉像月球般清晰，像月球般仿佛没有大气氤氲，像月球般没有任何生物。

两位男士的滑雪板痕迹，已被风逐渐吹散，这两道痕迹，一道向东，一道向南，直到几天前在月光下都清晰可见。屋外平地上，风将积雪卷起成陡直、极高的雪柱，月光将雪柱辉映得极其耀眼。雪柱宛如挺直身躯，庄严朝海滨移动的白色身影。在陡峭的海岸边，雪柱略微停顿，看似缓缓下跪、微微前倾，并从高矗的滨海岩石往下降，接着有如白影般，水平掠过黑色海面。

对比凝然不动的冰雪大地、天宇极光轻柔的律动，怒吼的风暴益发令人瞠目结舌。

我试着寻找一个譬喻来描述这种种感受中，如此令人迷惑的不寻常之处。这种感知上的反差，对我们的感受所形成的冲击，类似在德国观赏戏剧：在传统静谧的舞台设计中，搭配柏辽兹[1]激昂的交响乐；或是我们看到一个面露幸福微笑的人正在谋杀，谋杀跨入他笑意领域中的所有一切。北极的夜晚展现了一个节奏和谐的世界，只是这种和谐令我们中欧人感到困惑。

对一个怀抱着绘画感受的人来说，之前习以为常的风景体验也全部覆灭了。风景与北极光，很难同时呈现在画面上。光线与风景是两回事，若你感受到的是风景的灵魂，你便会觉得光线陌生又过于强烈；若你专注于光线，那么天空便是灿亮而富有生命的画景；大地则是死的，没有表情。

今天，一场预示性的梦境一直萦绕在我脑海中。某种东西在命令我，要我用耐火砖和海滩石修理炉子，这样炉

1　埃克托·柏辽兹（法语：Hector Berlioz），法国作曲家，以《幻想交响曲》闻名。——译注

子就不会窜出那么多浓烟了。

我带着从屋顶上取下的破冰斧，出门寻找海滩石。此时，万物都被厚达数米的积雪掩埋、被吹走或冻结，海滩上都找不到洁净润泽的石子。加上适逢涨潮，晃荡的海水在海湾高矗的冰壁之间，宛如装在一只巨大的瓷碗内。所幸风和飘雪碰到柴堆时会回弹堆积，因此柴堆前一米五深处，藏了几颗光洁的石子。我劈呀劈，劈得都迸出火星了，却连一颗石头都无法松动。地面冻得硬如钢铁，而直到此刻我才明白，冬季时，冷岸岛居民为何无法将死者下葬，他们必须将同伴尸体留在小屋内，以免尸体遭熊和狐狸破坏。

我在屋内将三块耐火砖磨成粉，再把一块砖敲成碎片。虽然少了黏土，我还是把这些粉末搅拌成泥，涂抹在炉子内侧。炉子已经锈蚀出大大的孔洞和裂缝，居然还能烧火，真是个大奇迹。

但等到我生火时，炉子却更加烟冒三丈，当我要去修炉子时，炉身还往中间塌陷。这下炉圈摆不进去，炉子根本不管用了。

我冷得身体僵硬，只好万分沮丧地上床去。

半夜，卡尔回来了。没了炉子，他该怎么办？我听见他在隔壁生火、低声咒骂，最后则是一声巨响，继而又是一阵咒骂。我听到他出去又爬回来至少二十趟，听到他在小屋后头铲雪，接着在大房间锤锤打打。好不容易，我终于听见噼噼啪啪的焰火声，接着我门上传来敲门声："你还活着吗？快点出来，我为你带来了一个好大的惊喜！"

我走进大房间。打从我们来到这座岛上，那里第一次没有黑烟乱窜。原来那具烂火炉霸占的地方，如今摆着一只原本为某宿营小屋备用的迷你小火炉。这只炉子小到卡尔必须将它装设在木箱上，并垫高到好使用的高度；现在，这只迷你炉正炽热地烧着，散发出舒适的暖意。

"旧炉子散了。"卡尔道歉。我发现，我的梦绕了个大圈子实现了。

今天，灰岬山脉后方升起两道灿亮的巨大圆弧，在黑暗的夜空中仿若白色火焰。这两道漂亮的圆弧中，小的圆弧中央升起了月亮，较大的圆弧还没从山脉后方露出整个大圆环。这使天空更显巨大、靠近，且美妙无比。与这两道光芒闪烁的巨大光环对比，地面景观有如一只黯淡无光的圆盘，了无生气。

卡尔说，月晕表示天气会变坏。

这种天象过后的夜里，风暴狂烈暴发，屋顶上不知什么物体被吹走，我猜是船桨；沉重的冰锚也被风吹得来回滚动。

我透过我的小窗口看到屋外乱雪狂飞，急急掠过的雾气饱含月光，乱雪以蛇行路线横扫过冰封的雪地。

万一我丈夫此刻正在路上——在这种飓风中，旅人是否能挺直身躯行走？

他是否会如一块木头，被风甩得滑过地面？我是否该问卡尔，有没有什么方式，能对身陷这种风暴中的人伸出援手？

卡尔的抽屉式铺位在乒乓乱响的屋顶底下，此刻他睡得正酣沉，似乎完全听不见风暴声。我不想将他唤醒，而就算我真的这么做，他反正也只会说出我自己已经想到的答案：这种时候胆敢外出的人，铁定完蛋。

暴风和大海疯狂呼啸，天色也一片漆黑。这座暗黑地狱整晚怒吼，韦德峡湾一带所有的危险都矗立在我眼前。这场风暴，这场或许有个孤独的人儿正奋力搏斗的风暴，实在太可怕了。

清晨时分，风暴停息了，这场风暴来得快，去得也同样快。卡尔铲除挡在门前的积雪，灰岬再一次如月般清晰，如夜般静谧地躺卧着，天空则是如梦似幻、飘忽不定的光。

现在，我们的小屋已经完全被雪掩埋，昨晚风暴吹出的坚硬沟痕从屋顶上划过，仿佛小屋根本不存在。我惴惴不安地在屋外来回走动，觉得这一天漫长得永无止境。

傍晚，我丈夫终于回到家了，他满身霜雪灿笑着，肩上挂着几只狐狸。

"昨晚风暴来袭时，你人在哪里？"卡尔和我同时开口询问。

"在俄国小屋和琥珀别墅之间，不过我完全没事。"除此之外，他对这次的风暴经历就绝口不提了。猎人们总是将这种事埋藏在心底，这种将生死一线、无比凶险的经历埋藏心底的作风，或许是猎人生命中最令人钦佩的。

今天满月，而满月对冰封的大地究竟意味着什么，这是中欧人无法想象的：就像是我们溶化在月光中，又像是月光把我们吃个精光。月光似乎无所不在地跟着我们，即使我们在月光下漫步后返回小屋也躲不掉。我们的整个意识都亮得耀眼，整个意识都渴求重返月亮。

这段时间，有些浮冰进入峡湾，我们因此更经常浸润在月光中。有座冰山搁浅在我们小屋前方的海岸，月光下，一些不久前被新雪覆盖的浮冰块，闪闪烁烁地随着冰海，漂流过我们的小屋，我们站着瞧得入神。我们不时登上月光下的山岭眺望大海。看来，大块的浮冰并没有朝我们靠近，但我们却再也无法摆脱这耀眼的光芒了。

我的情况特别严重，两位猎人说，我得了梦游症了。我恨不得终日伫立海边，看着海中晃动的碎浮冰块将光碎裂成上百片，再投射回月亮。但他们对我严加管控，时时刻刻都紧盯着我，经常禁止我离开房间。现在，我大多躺卧在他们的房间里。淡绿色的月光，穿过被雪封住的玻璃窗透进来，但无论是小屋墙壁或积雪都挡不住我的想象，挡不住我想象自己便是月光，正穿过光芒闪耀的庭院与一处处尖锐的山峰……穿过雪白的山谷。

"克里斯会 Rarheit[1]，"有时卡尔会摇摇头说，"Ishavet kaller[2]! 你千万别失去理智！"

仿佛食物能治愈这一切，每逢卡尔掌厨时，他总是给我一份超大的海豹肉，浇淋在肉上的肝油都滴淌下来了。他完全不管原本严格的肉类配给规定，还不断劝我："吃吧！你这么瘦哪受得了冬夜？都这种时候了还节省就是愚

1　个性异常。某些过冬者会在永夜时期出现这种现象。——原注
2　意思是"冰海在呼唤！"同伴基于某种不明原因而跳海时，冷岸岛的猎人总会这么说。而直到今日，依然有可靠来源讲述这类事件。——原注

蠢，很快浮冰就来了，等到峡湾冻结，海边就会有很多熊和绒鸭。去年在愁思岬，才二月就有一只海豹爬到陆冰上，被我们射杀了。很快我们就会有一大堆肉了！"

为了讨我开心，卡尔悄悄拿走我的针线篮，以男人的方式将纠结的缝线和毛线整理好，并将这些线缠绕在小巧的手刻木片上。秋天时，我拼命收集冲刷上岸的衣物，并将上头的纽扣拆下来，如今这些纽扣都收好在一只木刻盒中。

在月光如此明亮的时节，我丝毫打不起精神做家事，于是两位男士烘烤心形松饼和各式蛋糕，就连平常吃的面包也加了糖、葡萄干和果干丁，因为不久就是圣诞节了。

这期间，冷岸岛所有的猎人都忙着烘焙，就连那些已经独居好几年的人都不例外。据说我们那位住在比斯开岬（Biskayershuk）的邻居，斯文·奥尔松（Sven Ohlson）烤的糕饼很多，多到他明年春天还能以冰冻的蛋糕款待宾客。有时冰洋船为了躲避风暴来到他的海滨，但有时一整年都没有船只过去，那么斯文就为他的假想客人烤蛋糕、腌驯鹿舌，再把最棒的熊肉保存起来。

我们的平安夜棒极了！尽管准备工作到了最后阶段，我们已经神经紧绷到濒临爆炸。我们三人同时料理平安夜大餐，三人同时需要水来清洗，炉板又不到三十平方厘米大。大家又都在狭小的空间里准备礼物。由于屋外一如往常刮着强风，没有人自愿前往只有零下三十度的窄小玄关。我们三人从不曾像这天那样，觉得对方这么碍手碍脚，因为平常至少会有一人待在床上好节省空间。此时此刻，我们三人都必须强忍怒气，才能相安无事。

但当傍晚蜡烛一点燃，我们立刻感受到节日的氛围。烛架是卡尔刻的一棵小树，由一根支架加上三根横木条组成，非常简陋，而我们小小的桌子上，居然被礼物堆满了：卡尔用漂流过来的桃花心木桌脚，雕了色拉勺和色拉叉送我，舀取用的勺和戳刺用的叉子都非常坚固耐用。他们还送我一排挪威书籍，那是从某位猎人的箱子里找出来的，内容浅白，很适合我阅读。封面则是我丈夫依据书本内容，以他细腻的画风手绘的。

我和我丈夫送给卡尔一则笑话，并用连环漫画描绘他下回过冬的情况，画中有卡尔梦想的萨米女孩。这本《萨米女孩》（*Lappepike*）画出了各种情况：她在捕捉狐狸和熊、她不时帮卡尔煮咖啡，卡尔则只需要好好照顾他们的三胞胎就好了。

圣诞晚餐相当丰盛，我们每个人都准备了一道菜，有雷鸟肉佐米饭和杏子酱，最后的亮点则是以绒鸭蛋、焦糖和炼乳做成的焦糖甜点。这甜点尝起来有浓浓的水藻和淤泥味，我一口都吃不下，但他们俩却恨不得把盘子舔得一干二净。卡尔说这点心美味极了，只有特罗姆瑟的丽思饭店（Ritz-Hotel）才吃得到。而突然间，两位男士都极度懊恼没有在冷岸岛南端的海角过冬，因为那里的鸟类早在五月底就产卵；反之，在北部，鸟儿很少在六月底之前寻找没有冰雪的地点产卵。自从我们把最后一颗蛋用在平安夜之后，他们两人就得再等上七个月，才能吃到我为他们做的焦糖甜点了。

新年夜我们以覆盆子汁和药酒庆祝，这也是我们这次过冬，唯一一次使用我们的"家庭必备良药"[1]。这令我们这些久不沾酒的人情绪高昂。我们用挪威和德国的古老习俗卜卦，把铅弹融成的铅液浇到水上。十二点整，卡尔走出屋外，朝黑暗的冬夜开一枪。猎户比约恩斯是整个绵长的韦德峡湾唯一的居民，他虽然总是独自过冬，但同样也会这么做。

1　卡尔偶尔会采用一种古老的猎人处方治疗牙痛，例如用咖啡杯装一半的烈酒、一半的水喝下肚。——原注

永无止境的黑暗

现在很糟糕，我们周遭一片死寂，因为现在就连风暴的"砰砰啪啪"声都停止了。浓雾沉沉压着万物，小屋被寂静与黑暗包围。我心想，真正的黑夜终于到来，而我所有的勇气也逐渐消逝。说不定太阳再也不会出现，说不定全世界都漆黑一片。

我丈夫安慰我，他不时在纸片上画出从十二月二十三日起，就开始在回程路上的太阳的轨道。他用角度、角分计算，让我了解今天太阳已经走回十二月九日时的位置了。然而我还是极度沮丧，我对这一切的理解都是：太阳离我们有多么遥远。太阳丝毫没有靠近的迹象，何况就算黑暗期已经过了七十八天，还是得再等上五十四天，太阳才会在南方地平线上快闪短短数秒。

我每天都坚持散步，仿佛我的性命全靠散步支持一般。其实这早已不是散步，反倒像是紧紧沿着小屋墙壁，手脚并用的"爬步"。我机械性地绕着圈圈，十遍、二十遍。那些位置不规律又硬如钢铁的雪堆，每一个位置我都背下来了，闭着眼睛都能上下爬动。起初，黑暗令我不安，因为有时我会突然想象一只熊就站在我前方。后来我用自己想出来的办法抵抗这种恐惧：每隔一段时间，我就用拳头敲打小屋外墙，用这种声音吓跑可能在我附近的所有东西。

日子就这么平静地过去，没什么非做不可的事，没有对现实世界投以能慰藉人心的一瞥。夜里，我们躺在床上，既不累也不清醒，被无尽的黑暗与沉沉的寂静包围着。

身陷这种无边无际的死气与肉体的僵固之中，活跃的意识开始缓缓走它自己的路，愈来愈频繁、愈来愈强烈。而随着极夜持续越久，自我的心灵之眼前，便开始出现一道奇特的光，既遥远又熟悉，仿佛身处偏远的此地，人们能特别清楚感受到心灵的伟大法则，感受到横亘在人类的狂妄与永恒真理之间，那高与天齐的鸿沟。这显示着，在时间之外，一切都会消失。受桎梏的感官不断在过往盘旋，犹如在一幅没有空间的图画中、在一出时间冻结的戏剧里。

有时，我会见到远方太阳国度的花朵、树木，但我并非以我熟悉的方式观看。我见到的植物异常缤纷且美丽动人，它们最深奥的意义蕴含在成长与色彩之中。

然而，活在太阳底下的人类，在我看来却遥远而渺小。我见到他们低垂着脑袋绕着圈子奔跑，绕着他们的忧伤与苦恼奔跑，只有少数人看得到太阳有多美好。

清晨——这究竟是解脱，抑或是干扰——小型磨咖啡机的嘈杂声，划破了另一个世界那缤纷、深沉的画面，意识艰苦地返回现实世界，并且极其迟缓地察觉，雪堆下的小屋里，又开始了暗无天日的一天。

我们默默吃着早餐，用热乎乎的咖啡壶暖暖冰冷的手。灯光下，呵出来的气清晰可见，而我们都蓦然惊觉，另外两人是多么地苍白、憔悴。

"也许我们早就不正常了，"不久前卡尔说，"我们太习惯彼此，已经无法判断了。经常晒到阳光的欧洲人也许可以告诉我们，可是几乎不会有这样的人来。"

"确实不会，还会很久没有人来。"我们彼此这么说着，边凝视着玻璃。

窗外，积雪犹如一堵白墙遮挡着，唯独窗框最上头的角落因小屋的温暖而融化，黑夜才经由那里向内窥视。屋中所有的边角都灿白灿白地，墙上每一个钉头都蒙上了白霜，但除此之外，小屋则相当黑，沾染煤烟又烟气弥漫，偏偏我又不能刷洗。两位猎人警告，刷洗了，屋里就永远干不了，我们就会坐在雪窟中了。

这么一来，我除了以画家的眼光欣赏奇特的黑白反差，否则就无计可施了。这个小空间的黑，把所有我们从户外带进屋里的物体都反衬得更白。

现在，所有的狐狸都呈现出漂亮的白，雷鸟身躯上的斑点也消失；而黑色的炉边一角，切成方形，准备融化的白雪更是倍加耀眼。

在这种高纬度地区不能太过挑剔。现在我也以不同的眼光看待人生，忘却所有的表象。在这里，最重要的是活下去。小屋是栖身的处所，没有小屋，我们就得在外头受冻；粗糙的食物也得觉得好吃，因为这些粗食能延续我们的生命；而即使红桃和方块已经变得跟黑桃同样黑，我们还是可以用这些黑黑的纸牌玩。这些纸牌帮我们度过黑暗期，这便是它们的价值所在。

十二月初时，两位猎人说："到了圣诞节，黑暗期就结束了。"但我已经不相信他们的话，因为现在已经一月了，极夜的黑暗与折磨似乎才正要开始。

我不知道风暴不停歇地刺耳哀号、呼啸，硬邦邦的冰雹颗粒不停歇地急促打在屋顶上已经几天了；我也不知道我们已经几天没有出门；还有，两位男士每天要花几小时铲雪，才能让小屋大门勉强不被积雪封死。如果有人胆敢在狂风怒吼的夜里跨出门外一步，用灯光检视一下器材，几秒钟后他就会退回来，呼吸困难、脸上挂着冰雪，眉毛、睫毛和衣服结霜。门一打开，狂舞的雪便闯入屋内，冰冷的空气就像雾霭般火速入侵，直接钻到铺位底下，在那里凝聚成潮气，搞得两个床架就像码头一样湿答答的，而床铺的木头边边也蒙上了数厘米厚的冰层。现在，我不再花功夫把床上的皮毛被拿到炉子上烘干，也不再用煤油灯融化墙壁上的冰了。一切都毫无希望，而两位男士则逆来顺受。

今天卡尔忙着清洗一片割除脂肪的海豹皮毛，这片皮毛放在雪堆底下的一个桶子，那时还有月光。他用沸滚的苏打粉加肥皂水清洗，接着将带有鱼油味、淌着水的皮毛钉在小屋天花板上，干了后，要缝制成手套——"准备冬天用"。

"我还以为，早就是冬天了?!"我惊问。

"斯瓦尔巴群岛的冬天从二月开始，"两位男士异口同声说:"要等低温来到零下四十和零下五十度之间,海面和峡湾都冻结时,冬天才会来!"而我却以为,一等光线重返,所有的艰苦都会过去。

虽然还是上午,卡尔却已经收工了。他认为,极夜时不该过度工作,那样很不健康。于是他又躺回床上,用他优美的嗓音唱着歌。

可惜在这种暗黑时期,他唱的歌曲数量也大为缩水,再也听不到那些逗趣的歌谣了。他不再唱那首关于屠夫尤尔的歌,尤尔在四段同曲异词的诗节中宰猪,而在副歌中,自己就像猪一样吱吱哼哼地叫了起来。他也不再唱那首"没指头的人弹钢琴,没鼻子的人擤鼻涕,实在痛快至极"的歌。现在他大多只唱唯一一首哀伤的歌曲,一首关于一个苦恋中的吉卜赛人的歌曲。那首歌大概是他听留声机唱片学来的,而无论是走是站,在做事、做菜或是去睡觉时,他都在唱这首歌。尤其当他以阴郁的声音、送葬进行曲的速度,从睡袋深处唱时,歌声听来更是悲凄。要不是卡尔以他那无可撼动的挪威式幽默,嘲讽他自己的哀愁,这首草原悲歌听起来会更加忧伤。

现在我们每个人都出现了愈来愈强烈的小怪癖,就像其他多数的过冬者。

据说我是缝、补和打扫癖，我丈夫则关注所有的木制物品到病态的地步。他以鹰眼紧紧看管每一块烧火用的薪柴，并把全部的火柴和铅笔藏到他的床垫底下，坐在床垫上，仿佛地狱守门犬刻耳柏洛斯（Zerberus）般严加看守。卡尔则相反，不唱歌时，他就成了说话狂。他以惊人的速度说个不停，那速度令我想起即将爆炸的蒸汽机模型。可怕的是，他自己根本没有察觉同一件事他会说上六七遍，还一再提出那个重大问题："明年我们要在哪里过冬？"他说他知道几个好地方，像是东边有个终年积雪的白岛，春天时，岛上有数百只海象栖卧。要不，我们就租浅岬（Flathuk）[1] 吧，当地有一条"lakseelv"（鲑鱼栖息的河流），整个极夜我们都可以捕鱼。或者，我们也可以去伯克湾，那里有火山泉，我们可以把热水导到小屋里给太太用，这样整个漫长极夜，她都可以洗澡。

我们提醒他，明年他要前往特罗姆瑟就读航海学校，而他也得慢慢开始在这里准备课业，他床上也已经有教科书了。听到这些话，他只是叹了叹气，说航海考试对他来说毫无意义，他反正不会离开冷岸岛了。

1　冷岸岛的猎户小屋，要不是属于挪威猎人所有，便是挪威的私人财产。——原注

今天我们倒数第二次吃海豹，雷鸟也仅剩四只，而卡尔学来的罗弗敦（Lofoten）[1]渔夫料理——肝油烤马铃薯——也开始限额配给，狐狸也只能逐只剥皮烹煮。眼下，狐狸肉成了我们的储备库存，必须能撑到春天。现在我们迫切需要熊来，才能取得新鲜的肉类维生素。[2]

卡尔不时用扑克牌卜卦："浮冰会来？浮冰不会来？我们能猎到熊吗？"慢慢地，我们满脑子想的都是浮冰。奇怪的是，我对浮冰的恐惧消失了，现在我的想法就跟猎人一样，对我而言，浮冰同样成了一种渴盼：浮冰是一片黑暗中，来自远方的神秘光亮；在极夜里，为与世隔绝的猎人带来难得珍贵的宝藏：熊、鲜肉、皮毛、紧张刺激、精彩经历、狩猎以及……更多狐狸，更多生活在浮冰上的狐狸。这些狐狸一辈子都在悄悄尾随着熊，以熊吃剩的食物为生。最重要的是，那些一上了岸，便朝陷阱直奔的狐狸；因为它们这辈子从未见过陷阱，不知道该如何提防。

---

1 指挪威的罗弗敦群岛。——译注
2 猎人们不像科学探险队拥有富含维生素的存粮，他们或多或少必须靠猎杀动物维生。他们的猎物包括雷鸟、海豹和熊，至于濒临灭绝的麋鹿数量相当稀少，因此受到禁猎保护。在此我顺道一提：挪威籍讲师赫尔（Hoel）尝试让麝牛移居到冷岸岛，结果成效卓著。同受禁猎保护的麝牛，如今在冷岸岛中部植物茂盛的山谷中栖息，数量也日渐增加。——原注

可惜浮冰捉摸不定，要看风向，有时我丈夫认为："浮冰在距离海滨数十公里的位置。"然而，从西方过来的洋流将它拦住，不让它过来；若是从西北或东北方持续吹来强风，则能将浮冰带过来。

风当然也令人摸不透，某一年秋天，浮冰抵达北海岸，但另一年则要等到春天；浮冰有时来了马上又走，有时来了便待上一整个夏天，有时则根本不来。

猎人们的耐心很不简单。渔夫和水手们往往从挪威北上，他们把仅有的积蓄投入小型狩猎行动的装备，让船只在岸边放他们下船，接着等待……等待送来熊儿的浮冰到来。

在冷岸岛，猎熊是考验耐心的事，也是碰运气的事。相形之下，猎熊本身或许并非最艰难的，最难的是在孤独与黑暗中耐心等待。

"这么暗，从什么可以知道浮冰来了？"我问两位男士。

"别傻了，从声响呀，从寒气呀，从持续低温呀。"

"浮冰来时，我从远处就闻得到了，"卡尔兴奋地说，"还有，熊靠近小屋时，它们做的第一件事，就是把火炉的排烟管打坏。"

"吓死人了！为什么它们专挑排烟管下手？"

"天晓得！"两位男士答："可是它们总是这么做，可能是恶作剧，也可能是在这种环境下见到排烟管让它们不爽，因为它们在浮冰上，一辈子都没见过火炉排烟管。要是没有护窗板，它们也会把所有的玻璃窗都打破。它们不知道玻璃是什么，就直接打下去，也许是出于好奇吧。"

有一次，猎户比约恩斯窗前的桌上摆着罐装人造奶油，有一头熊想拍打人造奶油罐，于是打破了他的玻璃窗，吓了坐在桌边的比约恩斯一跳。

卡尔还讲起去年过冬时，他那位七十岁的老伙伴。有一次卡尔出远门，老伙伴独自留在小屋里，后来有只熊靠近小屋，把排烟管往屋内打。当卡尔返家时，老伙伴坐在被捣毁的火炉前，置身浓烟、灰尘和极度低温中，脸庞发亮地告诉卡尔，第一只熊来过了。

两位男士越说越起劲，卡尔射杀过二十七头熊，数量刚好等同他的年纪。

这二十七只，全都是卡尔和伙伴们夏天搭乘渔船准备猎杀海豹和海象时，在海冰上射杀的。

"熊来时，你必须纹丝不动地躺在冰层上，最好躺得像海豹。你必须等到熊非常接近，但距离又不能小于十米才行动，否则在这种距离，熊就会像大猫般扑向猎物。"

我丈夫则谈起他在夏天见到的熊——那些熊显然很享

受阳光的暖意，它们坐在太阳下用前掌抚摸自己的肚皮，一副很惬意的模样。

他还提到某次极夜的经历。他在向外凸出的雪檐下方，在一条狭长的冰面上手脚并用地沿着岸边岩石爬行时，撞见了一只熊。受惊吓的熊突然低吼着立起身来，但立刻遭到我丈夫随行的狗猛烈攻击，最后只好跳进水中逃走。

另外，还有一只夏天时滞留在卡尔王子岛（Prince Charles Forland）的熊。一名挪威猎人与新婚妻子在那座岛上登陆过冬，有一天，猎人见到这只熊，将它射杀后，好几个星期都有大餐吃。

熊是潜水高手，当它们在冰层边缘发现海豹时，便会潜入水中，游到海豹躺卧的地点拦截，不让它有机会下水。母熊通常在二月底、三月初之际产子，这时它们会登陆，挖掘雪洞待产。冷岸岛的猎户们说，他们经常见到这样的洞穴，这些洞穴往往呈大大的"T"形或是稍微拐个弯，通常越往内越高一点，以免洞内的温暖流失。幼熊跟随母熊生活两年，等到能自立生活后便离开，因此经常可以见到母熊带领不同年龄的幼熊；万一母熊出事了，其他母熊或公熊便会照顾这些幼熊。

母熊非常严厉，卡尔见过有只母熊正准备悄悄接近一头海豹，幼熊们想跟随，结果被母熊狠打，打得它们像皮球般在冰上滚得大老远。另一位猎户则见过一只幼熊不肯自己游泳，被母熊在水中狠甩了耳光。

两位男士也讲述了人类造成的悲剧：某位猎人外出前往他设置的自动射熊装置，却意外见到陷阱前躺卧着两只熊。他实在无法理解，一颗子弹怎么能射中两只熊。等到他靠近，躺在死去幼熊身边的母熊却突然起身攻击猎人，偏偏他一时大意没携枪就出门，只好把身上的衣服逐一脱掉扔向后方，趁着母熊每次停下来，好奇嗅闻衣物的空当，快速逃回小屋。

另一位猎户曾经在小屋内，收养一只遭枪杀的母熊的遗孤，等到幼熊稍微年长，能自行到冰上溜达时，有一天幼熊们尖叫着跑回家，后头是一只好奇追赶它们的大熊。原来这群未曾见过成年熊的幼熊，在向它们的养父寻求保护呢。

一月六日，我们把最后仅剩的海豹吃了当午餐。肉已经不新鲜，味道像包在铝箔纸里煮的鱼，马铃薯味道像马栗[1]，酸菜则像被水泡软的纸。但我们的胃口还填不满。我

1　即欧洲七叶树，果实近似栗子，可作马饲料，故称马栗。——编注

们食量惊人，卡尔吃得胖嘟嘟、圆滚滚，但肤色极度苍白，眼睛也逐渐失去色彩。不过，这是极夜时普遍的现象。

后来我们发现一件悲剧，更使情况雪上加霜：购买粮食时一定哪里搞错了，我们原本寄望能仰赖粗粒黑裸麦粉提供维生素，结果我们买到的并不是黑裸麦粉，而是一袋精白小麦粉。

所有的食物都结冻了，敲开蛋壳，里面坚硬如石，炼乳也在罐子里喀啦喀啦响。而我一直像母猫叼着幼猫般，不时改变胡萝卜和芹菜块茎的位置，使它们能在较合适的温度下保存，但如今也都结冻了。

取得新鲜的肉更是当务之急。

偏偏风不肯好好从东北方吹下，送来浮冰。风向往往一日三变，而十二小时内，气温可能在零下三十度到零下二度间变动。

今天是一月九日，天气放晴，中午左右，我们首次见到南方地平线上一道狭窄、微弱的红色光芒。我们欣喜若狂，就算世界陷入火海也没关系，太阳依旧安在，地球依旧照着它的轨道走！

接下来又是几天最黑暗的极夜。

今天是一月二十二日，天空首次出现色彩，南方高高的柠檬色微光，逐渐转为清透的蓝，但在我们头顶上方，所有的星斗依然闪烁。

我们首次在天光中看到彼此的模样，大家都大为震惊。我们皮肤松弛、枯槁，蜡黄有如摆在地下室里的植物。

一月二十五日，今天天光明亮，眼睛又能辨识物体形状，横卧的灰岬山脉也有了可以感受到的重量。在浮动不定的光线中，所有轮廓虚若无体地飘荡，浮动的现象已不再，仿佛双脚第一次再度踏在熟悉的大地上。两位男士入山寻找雷鸟踪迹，他们渴盼再尝到鲜血的滋味。后来他们回来了，疲惫又沮丧，因为放眼望去，根本看不到任何动物的踪影。

一月二十六日，终于有较强劲的风从北方来，气温零下二十五度，天空多云，万物都被厚厚的雪堆盖住。卡尔突然冲进屋内，原来有一群绒鸭从岸边游过，两位男士立刻带上步枪飞奔出去，但太迟了，五六十只绒鸭已经朝海上游走。

但这至少表示，未来几天，绒鸭可能会在我们的海岸附近徘徊。我们决定要把小艇挖出来，整艘小艇只有冰冷的桨架从雪堆中露出脸来。

小艇冻成了一大块冰，我们三人用斧头、铲子合力挖掘，但想把小艇的座位从冰雪中挖出来可不容易。还好，辛苦奋斗了两个钟头后，小艇终于现身了。

一月二十七日，强劲的风和雪从东方吹来。绒鸭再次来到海滨，在避风处扑动翅膀上下飞翔，使那一区的海水不致结冰。海湾其他地方都布满了雪泥冰，仿如浓稠灰色泥浆的雪泥冰在狂暴的东风吹刮下，朝着远处海面移动。

两位猎人从岸上射杀了两只绒鸭，这两只绒鸭躺卧在海滨与搁浅的冰山之间，冰山周围则漂着雪泥冰。我从小屋看到被雪漩涡笼罩的两人，正忙着将小艇推入水中。他们在积雪的滨海岩石避风处，狭窄的水渠谨慎划行。今天在水上划船是过于鲁莽了，毕竟小艇陷入雪泥冰阵中无助地漂流，已经有过前例。

在阵阵的雪暴间，船上的两人似乎已经陷入雪泥冰阵中。船桨周围则遍布着坚硬的冰块，他们俩使尽全力想把小艇划向岸，船身却纹丝不动，所以他们让船身持续剧烈晃动，以免小艇被冰冻住。经过了恐怖的几分钟，船与岸的距离才终于缩小。

他们使出最后仅剩的力气，把沉重的小艇拖上岸，疲惫地笑着回家。为了这第一批的维生素，他们可是以性命豪赌啊！可惜的是，那两只死绒鸭随着雪泥冰朝着海上漂，再也抓不到了。

二月一日，冬天开始。

吹雪在小屋前方堆聚成山，两位男士不断铲雪，同时考虑是否该在屋顶上锯个洞，以便将来用这个通道前往户外。

"浮冰会来？浮冰不会来？"卡尔不屈不挠地用纸牌卜卦。

浮冰与第一只熊的到来

风力还是一样强，但傍晚时转为北风，气温降到零下三十五度。隔天，依然吹着强劲的东北风，这一次，浮冰总该到来了吧！傍晚，气温降到零下四十度，卡尔也嗅到了空气中的浮冰味道。

屋外，风在黑暗中呼啸，卡尔却宛如高烧谵妄般，热切地用纸牌卜卦："会有多少熊来到这里的海岸？太太独自待在小屋时，她会射杀几头熊？"

"一头，"卡尔宣告，并且急切地告诫我，"射杀熊之后，你必须趁着熊的尸体还温热时，赶紧剥掉它的皮。熊肝绝对不能吃，熊肝有毒，不过熊胆就要好好泡在酒里保存，特罗姆瑟的药剂师愿意付八克朗收购泡酒的熊胆。熊胆能缓解风湿病，治疗牙痛和所有肿瘤。"

"听说熊胆含有镭，"我丈夫插嘴说，"而且我们往往人还没到特罗姆瑟，就在冰洋船上把泡熊胆的酒喝掉了。"

风暴持续一整夜，清晨，我被急促奔走的脚步声、重重的关门声和屋外的呼唤声吵醒，接着我那小小的房门也被人一把拉开，我丈夫朝房间里呼喊："浮冰到门口喽！浮冰到门口喽！"

他高兴得任由每扇门，包括通往屋外的门都大大敞开。淡蓝色的昏暗光线涌进我的小房间，外头呼啸轰鸣着！嘎扎嘎扎、怒吼、吟唱声、拉锯声、哨叫声交织成一片。

我这辈子第一次这么迅速穿好衣服，接着从逼仄的雪洞钻到屋外。低温、湿冷的雾气笼着泛红的昏暗天色，之前暗黑的海水与海湾所在的位置，今天则有奇大无比、望不到尽头的白色浮冰群在移动。这些层层堆叠的巨大冰块，积累了厚厚的雪，看起来宛如会行走的山，从北边进入我们的海湾。这些漂移的巨大冰块"砰砰""轰隆隆"地相互碰撞，远处则传来浪涛持续不断且尖锐的奔腾声。

此刻我们置身在这场宏伟的演出之中，这出戏剧又有了动作、生命和命运。

一股难以抑遏的喜悦洋溢在我们三人心中，仿佛经过漫长的僵固静止后，生命之流再度窜流我们全身。

没人想好好吃早餐，卡尔像个疯子般清理他的步枪，我丈夫则系好他的萨米人靴，写下他的天气记录，杯子里的咖啡都凉掉了。最后他们两人穿上连帽风衣，抄起步枪便出门去了。我目送他们笔直前行，各走各的方向，最后消失在昏暗、酷寒的雪地远方。

我独自站在雪地上，觉得自己仿佛突然被抛到一座陌生、喧嚣的大城市，那里的语言是我听不懂的。但今天我不想待在小屋里，雪堆下的小屋阴暗、发霉又沉寂。今天什么整不整齐，作息规不规律，我都不管了。我腰带上插着相当大的柯尔特左轮手枪，鼓起勇气迈步到我们的小半岛前端，在我身后柴堆的保护下，注视着这群"行走"浮冰的壮丽景象。

这些望不到尽头的巨大浮冰群，在风与洋流的推动下，浩浩荡荡地勇往直前。在灰岬北面的各处海湾，大小不一的浮冰块被簇挤着推上冰封的陡峭海岸，形成数米高的冰墙。我拿出望远镜眺望海面，海面直到地平线处，四处可见移动中的浮冰。

现在我终于了解浮冰的威力有多强大了。现在我终于能理解，船只被冰山夹击是何等凶险；在挤压、移动的浮冰中想保住性命，又是多么艰苦的搏斗；还有，一旦陷入冰阵中，你就死路一条了。在数百年的岁月中，不知有多少船只在这座海岸被冰山撞得粉身碎骨。悲叹湾、忧愁湾、愁思岬——我终于了解这些名称的由来了。

二月五日，零下二十二度，风平浪静，海湾中，海冰已经相当密实，但尚未完全覆盖海面，海面上不时露出没有结冰的暗色海水。

二月六日，今天第一只熊来过我们家。它先是越过海岸岩石上岸，后来到我们小屋附近。看来这只熊是穿越海冰来的，它的足迹显示，它走向从雪中露出龙骨的小艇。

可惜当时我们都不在家，卡尔很早就前往"海角"（Odden），我则和我丈夫入山去了。我提早返回准备做饭，卡尔则到黄昏相当晚时才回家。他在回程路上发现了新的熊脚印，一路追踪到峡湾深处。他说，那只熊把所有猎狐陷阱上的沉重石头都打掉，还把诱饵连同木棍吃下肚。我们外出寻找我丈夫。今天上午他把枪给我，让我在路上防身，我们在韦德峡湾入口处遇到他。卡尔认为熊还在灰岬，它是我们的熊。但我丈夫却认为，那只熊不会再来了，熊会不断更换地方。

那头熊的足掌痕迹很大，相形之下，我们的脚印就像是洋娃娃的脚，但从足迹判断，那是一头小熊。

他们匆忙安装了自动射熊装置。我觉得这种装置非常粗糙，不过是将一些空箱子——我们用的是几口柳橙箱——安在四根支柱上，摆上些许肥肉，加上几条铁线和一把小型左轮手枪，就希望能将那么大型的动物射死。

这种自动射击装置安装在多石的海角上，周围插上杆子，从大老远的海上都看得见，好吸引好奇的动物上陆。熊走到小块肥肉的路径，必须尽可能弄得好走，而小箱内，肥肉的位置也必须和趋前的熊儿头部等高。如此一来，一旦熊拉动肥肉，子弹便会直接命中脑袋。

他们在好几处安装了自动射击装置，一具在海角，其他几具沿着海岸装设，另外两具则在我们小屋四周。当风往海上吹时，我们就在炉火上摆海豹脂肪，利用烧烤脂肪的香气，把熊诱骗到海岸一带的陷阱。这些谋杀工具与重返人间的炫丽光线，形成相当大的反差。月亮在极其轻柔的玫瑰色与碧蓝色构成的朦胧色调中绽放光芒，而轻柔如面纱的北极光，也如往常拂掠过清晨的天际。

所有的陷阱才刚布设好（耗时久又"冰冷"的工作），峡湾上便传来噼噼啪啪的声音和哨叫声，从海岸、海上也响起悠长的嘶嘶声；沉重的冰层下方则传来隆隆、咕噜声。夜里吹起南风，抑郁又急速。我们万万没料到，浮冰上午就漂出海湾了。

二月十五日，西南风，气温五度！冰雪开始融化，雪水从屋顶上滴落，我们必须将马铃薯埋进雪地里，以免它们解冻，并且得一口气把最后仅剩的雷鸟肉吃完。

"可怕的墨西哥湾暖流！"卡尔咒骂着这股从西部海洋过来的暖流。

二月十六日，零下三十五度，北风。浮冰再度进入海湾，绒鸭群也再次在我们的海岸现身，但这些小型鸟我们已经瞧不上眼。自从熊来到海岸一带，我们的标准便提高了。

持续吹拂的寒风吹冻了峡湾，将浮冰块困住。我们居住的半岛前方，出现了全新的陌生景象。在一堆堆强大、狂野、任性堆叠的冰块中，形成了锯齿状的拱门、冰塔，风肆虐吹过，雪也堆出又新又巨大的奇形怪状。

天气放晴时，海上是一片望不到尽头、凝定不动的白色凌乱冰群，这些冰群在远方清透的空气中，描出一道细腻、锐利且凌乱的地平线。一股醉人的宁静笼罩着万物，浅淡的蓝色天空上浮着一抹朝霞。卡尔和丈夫在远方辽阔的冰雪大地上忙着做事，渺小如蚁。他们正在修理遭熊破坏的狐狸陷阱。

今天卡尔独自返家，我丈夫则继续朝峡湾挺进，预计隔天中午回来。可是隔天傍晚他还没回来，这下我们两人也开始紧张了。天色已暗，浓雾笼罩大地，这时远方的海上传来一声枪响，我们立刻跑出去。第二声枪响从海冰上传来，现在我们知道，他迷路了，卡尔于是也开枪让他知道方向。

一段令人担忧的漫长时间过去了。此时此刻，冰上还遍布着裂缝和缺口，所幸我们的呼唤很快便有了回应，接着一个满是霜雪的身影爬上岸来。原来我丈夫为了缩短路程横渡一座海湾，却在黑暗中迷失了方向。

二月二十日，两位男士铲雪铲烦了，于是想出一个绝妙的办法：从外门前面的积雪中挖出一条往北的通道，因为从这个方向吹来的雪最少。通道顶上加装木条，另外挖出几级雪阶向上通往屋外。待在屋内时，我们就把箱盖叠起来平放，盖住通道出入口。这么一来，无论外头风势有多强劲，我们都能轻松出去。此外，这条通道也为我们创造出许多空间。我们在通道的白色壁面中，挖出一些小凹洞贮放煤袋、马铃薯和腌肉箱。现在，我们拥有一间雪白的储藏室了。

二月二十五日。今天我们都很开心，因为我们即将再次见到太阳。天空清朗，冰雪大地依旧蜷伏在蓝灰色的暗影中，唯有南方出现一弯边缘镶着璀璨阳光的云朵。新的灿亮云朵陆续浮出地平线，将暗色的长影投射在北边的雾堤上。此刻，一线海冰已经在阳光下晶莹闪烁。

下方，伍德湾尾端在崇山峻岭间露出一个缺口，那里是我们最后一次见到太阳的位置，而太阳也将从那里再次出现。我们伫立在海冰上，目光追随山脉后方的光芒。那里！山脉之间倏忽亮起，反射光往西边移动，接着一瞬间，我们见到了太阳。

一只海鸥朝着峡湾飞来，这是最早归来的海鸥。它飞得极高，但一见到我们，它便降低高度，绕着我们盘旋一圈，随即飞走。

这片冰雪世界躺卧在天然的美、圣洁的宁静之中，而那只海鸥则在灿亮的天宇下，缓缓拍动翅翼飞过峡湾，仿佛它是第一个迁入这个刚刚造好、未受人类影响的绝美世界的生物。

死寂的大地

浮冰来临的亢奋、光线重返的喜悦过后，紧接而来的是无比的失望。两位猎人说现在冰太多了，多到将我们与其他生物隔绝开来。我们从山上见到北海岸前一望无际的浮冰带，海面上看不到任何没有冰封的水面，但熊和海豹只会在有水面露出的海域停留。灰岬这里也不见动物踪迹，大概没有机会狩猎了。

两位男士面色凝重，不发一语。

光，朦胧的白色雾光投射在周遭那片永无止境的沉沉死气，我们几乎渴望起黑暗，渴望起我们深沉、未察觉的意识，能带来闪亮的梦想与对生命重返的期待了。

卡尔前往韦德峡湾深处，打算抓出陷阱中的冬狐；我丈夫则打算穿过海冰，前往鲁斯角。他们都希望这次出门能捕到动物，提供我们无限渴求的维生素。

二月底的某日清晨，卡尔动身上路，当时那朦胧的美丽色彩令我毕生难忘。我丈夫陪他走一段路，帮他背负沉重的背包。

整片天空呈现深紫色，这片深紫到了布满海冰的地平线上，转为柔和的钴蓝，而东方天空上则有黄色亮起。辽阔的海冰面辉映着天空的色彩，在海岸边缘以及沉重的浮冰块四周，潮水涌出海面，照亮出天际的缤纷色彩。

我在小屋前伫立良久，沉浸在这令人陶醉的瑰丽景象中。这时，我忽然听见耳边响起洪亮的声音："你左转上山，那里会有一些的!"我讶异地转过身去，但不见任何人影，两位男士早就不在我的视线内了。

"这样，至少你还可以有新鲜的肉，"这股空中传来的幽灵声音说，"我们这一带情况已经开始紧急了。"

"好，好，"空中传来卡尔说话的口吻，"我会带几只新鲜雷鸟给你们的。"

接着传来雪板滑行的声音，只是听不出方向是来或去，随后突然又回归沉寂。

我在原地伫立许久，等待着，心想两位男士一定是掉

164

转回头，再不久就会从附近现身了。然而他们并没有出现。这时我才恍然大悟，发现自己听到的是从远处传过来的声音。在北极如此清净的空气中，的确有可能会出现这种现象。

我返回屋内，屋内各个破败、黏腻、乌黑的角落，不怀好意地瞅着我笑。

我再也无法忍受了，现在再没有人能拦阻我了。趁着我的理智对我的荒唐行径提出抗议之前，我已经让整间屋子布满沸滚的肥皂水，大刷特刷一番。

我丈夫回家时，墙面和地板上的水都结冰了，整座小屋亮晶晶的有如一座水晶宫。"你疯了吗?"我丈夫大叫。

"我宁可在干净的屋子里疯掉，也好过在猪圈里当正常人!"我如此回嘴，并且继续刷洗。这个世上什么都阻挡不了我要打扫的冲动。

这究竟是在极夜中憋了太久而有的反应，或是每逢春天时，天底下的女性都非得打扫一番不可? 我自己也不知道。

我丈夫发飙，我也发飙，我们大吵了一场，极夜时期累积起来的所有怒气都瞬间爆发。没想到我自己居然如此火爆，这在欧洲从未发生过。

激烈的争执过后，随之而来的是暴风雨后的宁静。每个人都哼着歌，轻松地做着自己的事。我丈夫忙着收集材料，准备制作这次远行需要的船形雪橇；我则继续打扫。

我把一块床垫翻起来，床垫背面很潮湿，都发霉了。我把床垫拖出雪洞，屋外吹着冰冷寒风，我用冻僵的双手狠狠撕开床垫的套子，碎片冻得硬邦邦的，像木片般翻滚着，一路朝着海洋蹦跳而下，宛如黑色身影般，在高大如塔的冰块间冲锋陷阵，最后消失在紫色的奇幻景色中。被风吹走的亚麻布，一路在雪地上留下痕迹。过了几天后，两位男士依然想破头也不解那些古怪的痕迹到底从何而来。

直到我把储藏柜上的雪都擦拭干净了，我才满意；这些雪是从门和缝隙钻进来的。现在，我们的屋子终于干干净净了。

船形雪橇完成后，我丈夫和我便着手准备前往峡湾深处的行囊。我丈夫希望能深入伍德湾和鲁斯角猎狐，这趟路程会经过峡湾冰面，卡尔担心那里水流凶险因此劝我们别去，但我丈夫得到猎人诺伊斯的指点，拿到这条路线的详细说明与地标，所以志在必行，我则恳求他，至少让我陪他走到位于斯文德森湾的小屋。

我们在一个天气晴朗的日子里准备动身，将屋外的雪橇加上行囊。准备这种长途跋涉，我们只携带绝对不可或缺的物品：睡袋、步枪、锯子、斧头、诱饵棍以及修缮或装设陷阱所需的工具。但光是这些，数量便已相当可观。

所有行囊都牢牢绑紧后，我们再次进入温暖的小屋。在冬天进行艰困的旅程之前，猎人们通常会稍事休息。他们把所有的装备都带在身上，悠闲地再啜上一口热饮，彼此不多说无益的话，把全部的心神和体力都凝聚在即将展开的远行上；对新手而言，这几乎像是一场静思了。

我们也很清楚，今天的路程绝对不能停步休息，零下三十八度的低温加上狂风，身体如果静止不动，几分钟后对我们这种恒温动物便非常危险。

我们把小屋的大门卡住，接着跨上雪板，带着堆满行囊的雪橇，沿着陡峭的海岸斜坡向下滑行，朝着海冰前进。我丈夫把一条皮带横过胸脯，用来拉动雪橇，我则用滑雪杖抵住地面，试着从后方将雪橇往前推。

起初，我们以规律的速度在粉雪地面上前进，但很快我们便逆风而行。冰面崎岖，我们必须在凹凸不平的冰块间，寻找方便雪橇通行的路径。在海冰乱阵中闯荡大约一小时的"车程"后，我们再也无法前进，只好带着沉重的雪橇，攀越陡峭的海岸岩石，在陆地上继续旅程。

感觉上，我们在遍布沟槽的巍峨山脉脚下前进得极为缓慢，任何一道沟槽都需要走上数百步才能绕过。我不再推雪橇，刻意落后少许，偶尔还将遮掩脸庞的羊毛头纱揭开。鲁斯角、积雪覆盖的伯克湾就在我们前方，远处的山脉、峡湾以及我们身旁雄伟的沟槽山脉，全都在耀眼的红色旭日下晶莹闪烁。

在没有防护下，人眼只能注视这种冰雪灿烂的景象短暂数秒。灿亮的地景如此清晰，仿佛伸手便可碰触，却又无比沉静凝定，仿佛中了魔法般遥远又陌生，仿佛沉入澄澈如冰的水深之处，千万年来遭人遗忘。

我偷偷在行进的雪橇中翻找我的小相机，但同时又觉得自己想偷取一片如此绝美的风景带走，简直罪孽。结果我没偷成，相机罢工，快门根本按不下去，相机里的油似乎结冻了。不过才几秒钟的工夫，我那裸露在外的双手立刻变得麻木，苍白没有血色。

我丈夫掉头走回来，用他温暖的双手包覆我冻僵的手用力按摩，痛得我差点哀号起来。直到我的手又恢复了生命力，他才帮我戴回手套，将头纱遮住我的脸庞，默默地拉着他的雪橇。我觉得自己像个不乖的笨小孩挨了骂，只好用羊毛头纱遮掩着，几乎半瞎地在雪橇后方拖着脚步行走。

强风从山岭间的山谷吹来，我们不断经过堆积如山且结冰的岩屑堆，沿着积雪的海岸岩石前进。行走在这些岩石之间，有时我会滑倒跌进雪堆缝隙中，臀部以下都陷了进去。前进……前进……！千万不能休息，我千万不能抱怨。是我自己要跟来的。而我也说不出任何抱怨的话，我的四周是大地无边的沉默，这股晶莹闪烁的沉默根本无视我这渺小人类的存在。

历经数小时的跋涉，我们终于来到位于斯文德森湾前的小海角，海角上有一栋小屋。小屋被雪掩埋，只有黑色的排烟管从雪堆上露出来。首先得把小屋从雪堆里铲出来，而屋内，卡尔已经依照冷岸岛猎户的作风，为了迎接来客而准备妥当了；在我们之前，他是去年秋天最后一个使用这幢小屋的人。劈好的干柴堆放在火炉前，一切都打扫干净了。我们很高兴能把身上满是雪花的衣服逐件脱掉，享受炽热的小火炉，裹在厚厚的绵羊皮毛袋里，享用去年夏天吊挂在屋内的绒鸭；浓郁的热汤实在令人太舒服了。我丈夫话说得很少，从小屋的小窗往外看，我们见到了伍德湾深处的冰面。

极目望去，峡湾冰层被矗立且相互堆叠的冰块切割得四分五裂。这一带的海岸山脉冰雪封冻且陡斜入海，根本无法行走，想继续前进，必须穿过峡湾的冰层。

然而，拉着雪橇就休想通过这些高低不平的冰面。若想继续这次的旅程，唯一的办法，就是把所有的行囊都背在身上。

我丈夫只带上未来在各处小屋歇脚时，最迫切需要的物品，以防小屋中缺乏物资。尽管如此，相较于极夜期衰退的体力，带上路的行囊依然是沉重的负担。

翌日，我目送我丈夫背着高高的行囊，在远方海冰之间变成一个移动的小黑点，最后失去了踪影。而现在，我也学会在独自生活的这段时间里该做些什么了：做事、做事，不停地做事，才能忍受寒冷和孤单。

小屋附近，沿着海滩有一堆漂流木，这些去年收集来的漂流木堆成了金字塔状，只有一小部分从雪地上露出来。我把我搬得动的较小的木条、木桩等从雪地里拉出来，拖回小屋。整整一天下来，我不思不想，像头必须工作才能存活的驮兽般劳动着。

第二天，我开始锯木头。我把每间小屋都有的锯木架从雪地中挖出来，锯子则原本就放在小屋里。不知是否是因为这里的空气清新，还是因为历经数十年的风吹日晒，这里的木头变得较干燥，锯起来很轻松，我连续好几个小时锯着这些大木块也不觉得累。不过，想把锯好的木头劈开却是个问题，因为这里的斧头太钝，劈下去斧头会回弹，没办法将木头劈开。

这幢小屋长度不到一个床铺长，宽则只够在床铺旁边摆一具小火炉；我在小屋内寻找可以将斧头磨利的工具。

结果找到了一大堆稀奇古怪的东西：一只生锈的大罗盘灯、一些破碎的船舶部件和三只精致的鱼形瓷盘，上面还缀有宽金边与图文字母，或许是哪位富有的废弃煤矿管理人遗留下来的。当地人的收集狂令我忍不住发噱，他们会像狐狸般，把所有无主物品都搬回窝内；至于这些物品是否真的有用，就必须等遇到情况时才知道了。

另外，我还找到猎人们留下来的札记。在展开较长途的旅程前，为了在自己失踪时方便他人寻找，他们往往会在各地小屋留下这样的札记，就连墙壁上以及一幅悬挂在薄木板墙上的瑞典大地图，在空白的边缘处也有各种留言；这幅地图大概是用来遮挡穿堂风的。这些留言有如一小段的喃喃自语，内容大多是关于风暴、浓雾与黑暗的想法。某些或许被迫在这幢小屋歇脚的寂寞猎人，想在墙上倾诉自己的感想，作为他们"还活着"的见证。

我终于找到一块石头，并且花了一整天把斧头磨利，傍晚时好用来劈柴。隔天傍晚，小屋前和小屋内便堆出相当大的柴堆了。

现在，所有活命所需的工作都完成了，我终于有时间在屋里略微休息了。这时，忧虑又悄悄到来。人们在做事时滋生的信心、乐观，此时便烟消云散。我丈夫走的路线是否会经过峡湾，经过水流形成的冰上洞穴？据我所知，这个路线还没有人徒步行走，且不搭乘雪橇的。我想起猎人们谈起，他们的伙伴是如何在峡湾冰层上消失得无影无踪。还有，经过一番艰苦跋涉后，我丈夫要如何在那些没有储粮，而且很可能也没有薪柴可用的小屋度日呢？听卡尔说，有些小屋屋况破败到"可以透过木板墙壁看到外面"。

除了为我丈夫担心，我也为自己的情况担心。我惊恐地发现，小屋的粮食箱中没有火柴，而我口袋中的火柴盒里也仅剩三根。仅靠三根火柴该如何度过十四天呢？而万一吹起雪来，我就无法在屋前劈柴，确保火苗日夜不熄；万一吹起雪来或起雾，我就不可能返回灰岬了。

因此我决定趁着天气良好时，明天一早便独自回灰岬。我以一种在这种高纬度区，人们还能自己作主时特有的冷静，读起了挪威的家庭报纸。这些报纸上刊登着缤纷的讽刺画和天真的笑话，深受冷岸岛的猎户们喜爱。每座小屋都有这种报纸——尽管有些报纸已经非常老旧，甚至被人翻阅得破破烂烂的。

突然间，我透过报纸上的图片，见到我丈夫正在回程的冰面上。我冲到屋外，果真见到远方冰块之间，有一个移动的小黑点。我还有充裕的时间把高热量的汤放到炉火上，在小桌子上摆好餐具，再带上船形雪橇，在冰面上走一大段路迎接他。

我丈夫松了一口大气，把沉重的背包往雪橇上一放。

"完全不可能！"是他最先说的话，接着他说道，他大概走到伍德湾深处了，却到不了鲁斯角，因为海冰含盐量过高，冰面太薄，因此他不得不折回。

见到我丈夫安然回来，我高兴极了！如果必须舍弃狐狸才能保命，我们宁可不要狐狸。

隔天我们立即动身回灰岬。天气温和，气温零下十二度，但仍然暖到水从我们的额头上滴淌下来。雪黏呼呼的，带着雾霭的空气使呼吸更吃力。

"在这种高纬度区，温和的天气是徒步者的大敌。"我丈夫表示。

我累得要命，只能拖着沉重的步伐朝灰岬迈进，我丈夫却神采奕奕，隔天他便再次动身，前往我们唯一的邻居斯文·奥尔松过冬的比斯开岬。我丈夫希望在那里，在相当西边的开放水域中狩猎，为我提供新鲜的肉类，之后再前往他每年都会去的广播电台（位于阿德维恩特湾），在那里把消息传送回德国，并收些信件。这么一来，我就得单独在小屋度过几个星期。

前往斯文·奥尔松家的路线会经过伍德湾，之后沿着北部海岸，经过小小的勒德湾（Rödebai）。出发前，我丈夫把最后仅剩的冻狐狸腿给我，要我务必把这条腿吃完。

今天是我独自生活的第九天，我丈夫并没有告诉我他会离开多久。屋外，大地一片雪白，凝定不动，没有任何气息吞吐，也没有一丝丝的风息，而我们那面被风扯破的小风向旗也在旗杆上冻结了。风与风暴皆已离我们远去，唯有冰雪一路延伸到最远处。各处的空气都达到平衡，不会产生任何的动力。

但是，对人类而言，这种寂静却是最可怕的。我已经好几天没有踏出大门，而渐渐地，我也开始害怕见这片大地的沉沉死气了。

我坐在屋内忙着缝缝补补，这件工作是今天或明天完成，其实并不重要。

我只是了解我自己，我要避免我的大脑有时间思考，哪怕只是一分一秒，因为这会使我察觉到屋外的虚无。

我隐约察觉到，在这里，思考的力量足以决定一个人的生死。我隐约察觉到，或者应该说是我非常清楚，过去数百年来，使数以百计的人死在冷岸岛上的，正是这种面对"虚无"的恐惧。

并不全然是坏血病的缘故，有许多人尽管储藏室满是食物，尽管有着新鲜的肉，却依然死去。他们拥有步枪与弹药，而每一座峡谷中，多的是觅食青草的驯鹿，但那些人却不敢跨出家门。对他们而言，一离开小屋便是恐惧，恐惧宛如一只蜷伏着占据整片荒凉大地的怪兽，将最勇敢的猎人与水手困在小屋中。

正是大地如此强大的死气所呈现的画面，正是这种恐怖的，一切生命静止的状态刻进了他们的精神里，麻痹了所有的动能，夺取了力量，于是肉体一点一滴地衰颓。

但现在的冷岸岛猎户就不同了，他们以活力对抗死气，他们独自走过荒寂的大地，无惧死气、风暴与黑夜。他们步上遥远的路途，为自己辛苦争取报酬，以便能在这个北极地区再多待上一年。

我阅读我丈夫的日记，以免自己陷溺在孤独的情绪中，从而领略到我这个守着一座小屋的懦者永远无法全然体悟的，这片大地所提供的终极体验。

我读到他驾驶无棚小船，沿着海岸航行数百公里；我读到他穿越陆地的每趟孤独旅程，旅程虽美，却充满潜伏的危险；我读到他渡过冰河，北眺海洋、南眺峡湾；我也读到他如何穿越阳光朗照的冰封海湾，见到冰雪包覆，奇形怪状的山脉在阳光下闪闪发亮。他还在日记中谈到，他沿着高墙般的山岩，在极其狭窄的冰雪小径上行走，一边是危险的新成冰层，一边是山沟遍布的山壁，还有雪崩与岩石坠落。另外，我还读到他如何被迫在没有窗户，极其狭小的屋中歇脚，那里炉子浓烟四蹿，灯焰熏烧；而在一些名声不佳的小屋歇脚时，暴风呼啸着穿透已经半塌的屋梁，小屋前，则有死于坏血病者的小型木十字架，从积雪中露出来。

但与此同时，我也读到他投宿于舒适的小屋、投宿在独居数月的猎户家的经历；我读到其中的喜悦、读到挪威人的友谊以及他们那无私的好客精神。我还读到峡湾冰层不稳时，该如何改道走积雪的山岭；读到当雪暴以飓风般的威力从岩壁之间吹降时，雪尘有如瀑布般袭来，他如何奋勇登上大陆冰盖。而在冰盖上，持续数日的低吹雪又如何遮蔽了视线。接着他还描述，经过冰川向下，继续沿着岩石遍布的海岸行走，在浓雾中可以听到破裂的冰层，发出如雷般的声响以及大海的轰鸣。

我读到他在极夜时期的远行，读到他如何在月光下，走过晶莹闪烁的山坡、走过冰封的潟湖，而在潟湖中，有几棵搁浅的西伯利亚巨木，苍白的树根暴露出来。

还有，在风暴无预警来袭，月光转暗时，在狂风怒号的无边黑暗与酷寒之中，一步一步试探着，走过漫无止境的岩屑堆，经过上方空悬着雪檐的狭窄深谷。在这些深谷中，唯有仰赖人类再次苏醒的方位辨识本能，才能找到救命的小屋。

这些猎人的人生，是由一连串逼近极限的成就构成的，但他们却鲜少谈论自己的经历。这些人不求名，他们远离俗世尘嚣，几乎都过着没有家、没有家人的生活。一种无可救药的爱，使他们离不开这片土地，他们痴迷地仰赖这片土地，一块上帝在此向他们说话的蛮荒之地，并以其孕育的生命气息存活下去。

我放下这些小本子，这些日记里充满了炽烈的感受与滋生不歇的炽烈力量。我对自己如此懦弱，不敢一窥这片其他人终生在暗夜与风暴中搏斗的土地，而深感羞愧。

我拼尽所有的勇气，逼自己来到屋外。大地在亮夜如梦似幻的钴蓝笼罩下凝定不动，寂然无声。一层淡黄色光芒环绕着地球，那是太阳行经大西洋、美洲与太平洋时的返照。

我独居小屋的第十天。昨晚我做了一个可怕的梦。虽然从没有人向我谈过这种事，但现在我很清楚，洋流经过冰层底下时会如何了。我在梦中见到冰层底下的绿色水流，身体也鲜明地感受到那股强大的动力。

我很担心我丈夫的安危。

第十一天。我将窗前冰冻的雪丘敲碎一部分，以便眺望海冰状况。

第十二天，外头出现复杂蜃景，海天一线间，冰块被挤压推高，压在探出海面最高的冰块上方，这景象宛如高高的白色柱子上托着一根梁柱，并且随着温度较高的气层，自西向东迅速移动。此外，狼狈岬东边，伸入海面的低矮山脉也同样被挤压推高，这些山岭下端的部分，仿佛裂出一个个锯齿。复杂蜃景是最可靠的现象，昭告着天气即将翻转。

第十三天。一天过去了，但感觉上却像只过了一个小时，是因为我心中一直惦挂着一件事吗？

第十四天，我不再眺望冰雪封冻的大地，这种了无生气、僵固不动的景象太可怕了。

第十六天，外头传来一声枪响，我爬出雪穴，见到冰面上一个渺小的黑色身影正缓缓走向我们的小屋。我丈夫回来了，他肤色晒得黝黑，瘦骨嶙峋，而且……两手空空。斯文那边的海面同样都结冰了，见不到任何动物的踪迹。不过，斯文送了一小袋干洋葱，据说含有维生素。

我丈夫花了一天半，终于抵达比斯开岬，他一口气完成六十五公里的艰险旅程，中间完全无法歇息。我丈夫傻傻地通过凶险的俄罗斯河，那是一条串联一座内陆湖与海洋的狭窄河流。这条河水势湍急，水面上永远不会结冰，但会出现横跨两岸、不坚实的雪堆——这是事后斯文才告诉我丈夫的。

我丈夫的到访令斯文大为欣喜。在斯文的住处休息两天，接下来为了躲避风暴不得不在某座小屋待两天，之后他们两人便一同带着狗，前往驯鹿栖息的海角，分头寻找驯鹿，但他们仅在这半岛的南端见到驯鹿足迹，连开枪的机会都没有。

斯文允诺，一旦他猎得海豹或熊，他便会为我们送来新鲜的肉。四月初，卡尔回来。他同样瘦骨嶙峋，皮肤晒得黝黑，而韦德峡湾也同样死气沉沉，除了两只雷鸟，他什么都没猎到，倒是带回整整一雪橇的狐狸皮毛。

从他的脸庞上看得出他非常疲惫，但他的眼睛绽放出喜悦的光彩，因为经过两个月的独居生活，如今他又有人陪伴了。

猎人朋友送信来

四月十二日，发生了一件很特别的事。今天是个美得无可挑剔的冬日，冰雪封冻的大地上，光线清透得几近硬的质感，一连数日，温度计都显示在零下三十五度。今天也是第一次当微风吹起时，没有寒霜停驻在万物上。两位猎人趁着这个大好时机，将白狐皮毛挂在阳光下曝晒、脱色，利用阳光与风使狐毛松软发亮。不过在此之前，必须先以锯木屑和汽油将狐狸皮毛处理过。小屋看起来又像畜圈了。

我丈夫在屋外忙着用滑雪杖和滑雪板制作支架，用来吊挂皮毛，但他突然敲窗，催促卡尔和我出去："你们听！"他一脸灿烂地说。

在一片辽阔的寂静中，虽然还隔着遥远的距离，却听得见一个非常清晰的声音吆喝着："嘿、嘿……"这绝对是哪个猎人在催赶着雪橇犬。就在这时，灰岬山脉下方的山坡上，也出现了宛如一个小小黑色玩具的雪橇。雪橇前面有五只狗撒腿奔驰，随后是两个直立的身影。我丈夫从雪橇犬认出，那是他的老朋友猎人诺伊斯，也是搭建我们这座小屋的人，而同行的还有他的帮手。雪橇来了个大甩尾停在小屋前，人和狗身上都沾满霜雪。再次见到其他人，我们都开心极了；而见到他要来拜访的我们三人平安无恙，诺伊斯也开心极了。双方握手握个不停："欢迎，欢迎，takk for sist！"[1]

希尔马·诺伊斯在这座岛上狩猎为生已有二十五年。只要有人需要帮助，他什么都不觉得辛苦、什么都不觉得麻烦，而他的外表也是典型挪威猎人的模样，身材高大、肩膀宽阔，脸色晒得黝黑，有着淡色的眼珠、淡色的睫毛与浓密的眉毛，而他的服装也和其他过冬者一样，白中泛黄又粗陋，上头还有一大片的补丁。至于他脚上——他脚上只穿着袜底缝上生胶片的厚袜而已，很难相信脚上穿着

1　意思是"谢谢上一次"，挪威朋友与熟人间常用的问候语。——原注

这种玩意儿，居然能在这种隆冬穿越冷岸岛。他和同行的伙伴，两人的胡子都刮得干干净净。

诺伊斯笑着瞧着他那座遭雪掩埋的小屋和结冰的大海，说："你们这里浮冰够多啦！"

和诺伊斯同行的是个身材瘦削的年轻人，他正忙着帮狗群卸套，并从带来的冻肉上剁下肉块，扔给每只狗儿各一块。进入屋内后，诺伊斯从他的背包取出一大包的信件和无线电报，我们立刻贪婪地读了起来，并且松了一口气："谢天谢地，家中一切安好。"与此同时，诺伊斯则在窗口边的小桌旁坐下，开心地拿起桌上的纸牌，立刻全神贯注地玩了起来，绝口不提他为了探望我们、帮我们送信必须跋涉好几天的路程，还得从他坐落于萨森谷（Sassendal）的主要住处，绕道二百八十公里，渡过冰河与峡湾，才能抵达邮局。

"诺伊斯，说说看，世界局势怎么样？开战了吗？"我丈夫问。

诺伊斯完全沉浸在纸牌中，只是咕哝着简短回答："开战？没有，目前没有。"

"那，狐狸价钱怎么样？"我丈夫又问。

"不好！"

"冷岸岛已经划分好狩猎区了吗？"

"没有，天晓得。"

但慢慢地，我们还是听到许多新消息和冷岸岛的最新八卦。虽然沿着海岸附近只住着区区少数人，但这里的情况依然像座小市镇，差别只在每件事都会依照距离比例被夸大。最后，大家都聊得停不下来了。

原来跟着诺伊斯前来的人是个医生，专门研究寄生虫，也曾经在诺伊斯那里过冬。遗憾的是，他没有发现任何寄生虫，无论在驯鹿、海豹或狐狸身上都没有。现在，他把一切希望都寄托在我们的狐狸身上。

我丈夫知道，这个冬天，医生也听到了欧洲新闻。这下子，大家聊得更热络了。原本我丈夫听到没有战争，他对诺伊斯的简短说明已经满意了，但现在他却焦躁地想了解更详细的消息。

我们得到了详细的说明，并且抛出一个接一个问题，展开漫长的讨论。很快地，小屋里便布满了欧洲暴风雨天的乌云，而这两名激烈讨论的人，也严肃地在这乌云下来回踱步。此时此刻，我再次见到我们在这里已经完全遗忘的欧洲的愁容。

卡尔与诺伊斯置身在乌云之外，他们带着世上最开朗的脸庞，聊着他们在水手与狩猎生涯中的趣事，开怀大笑。他们拥有原始民族与生俱来的欢乐和单纯特质，过着亲近自然的生活，丝毫没有文明世界思考过度的问题，他们的脸庞，是无忧无虑的小伙子的脸庞。

在这里，两个世界近在咫尺，但对比是如此鲜明。而在这一瞬间我突然明白，文明严重缺乏维生素，因为文明不直接从那永远青春、永远真实的大自然汲取力量。人类迷失在反自然与机关算计之中。直到此刻，我才终于真正体会"成为农夫，去了解土地的神圣！"这个翻转世界的警句所蕴含的深意。

可惜我们的午餐并不丰盛，就和我们的储粮同样单调。我们向诺伊斯提起狩猎的悲惨情况。

"是啊，灰岬是一片死地。不过我邀请你们，到我的萨森谷小屋过复活节，我射到了好多雷鸟，还为你们留了一桶柳橙果酱；我的玻璃露台也盖好了。"

我万万没想到，两天后我们三人就要同诺伊斯的雪橇，一起往南走。依照我丈夫去年秋天与诺伊斯的约定，要赶赴还乡的第一艘船。

尽管思乡之情如此殷切，我还是无法相信，我们这么突然就要离开这里了。

不过，我不想否决他们的计划，因此也着手准备这趟旅程。

要做的事还多得很，需要清理、寻找、打包，两位客人也全力帮忙，诺伊斯忙着帮最后一只狐狸剥皮，医生则尽快动手解剖。直到今天我依然想不透，四个身材特别高大魁梧的男子，如何在只有三平方米的空间中做这么多事。何况还有一只体型壮硕、毛茸茸的格陵兰哈士奇"巨无霸"，它因为爱跟其他狗儿打架，必须和它们分开，偏偏"巨无霸"又霸住了小屋中央，阻碍每个人的行动。

这样居然也行。大伙儿心情奇佳，诺伊斯甚至觉得我们家非常舒适，明年他也要有个"小厨娘"，因为他在我们这里发现这样有多棒。

医生在为狐狸解剖时找到了一条蛔虫，令他喜出望外。他把那条蛔虫慎重地摆在我的厨台上，接着继续解剖。天晓得这只珍贵的狐狸体内还藏有多少宝贝呢。

这一带所有的狐狸陷阱也必须拆除，诺伊斯提供他的狗协助，而与此同时，我也为了这趟长程旅行接受拖曳滑雪的训练。这趟旅程会先朝峡湾深处挺进。

雪橇已经备妥，几只毛茸茸的黑狗也已上好挽具，依序前后列队，牵绳也已穿过雪橇犬的胸带。

"太太，抓紧喽！"说着，诺伊斯把一条绑在雪橇上的绳索，交到我手上。

"嘿嘿！"诺伊斯开始吆喝。

雪橇猛然一顿，紧接着五只狗便同时撒腿狂奔，拖着人和物品，毫不犹豫地在积雪的石丘和凹地上奔驰，接着这支狗队伍突然立定，原来有只狗儿要撒尿。

"嘿！"再次在冰雪和石块上飞奔，接着仿佛接获指令般，五只狗儿又同时停住，这次是另一只狗儿想休息。如此这般走走停停，直到再没有哪只狗有借口停步。

我心想，这种雪橇之旅的种种细节，是在描述北极生活的书中所看不到的。接下来，我们在一段平地上高速奔驰，上坡时速度略减，但依然相当迅速。

"跟着走！"我丈夫朝我呼喊，"规律地大步走！"

医生也大叫："膝盖弯曲！"

我丈夫又大声指示："用滑雪杖前进！"

我努力执行每一项指令，并且尽力保持平衡。就这样，我们在冰天雪地上迅速前进，并且"左！右！"地吆喝着指挥狗群方向。狗群乖乖听命，领头的狗儿很聪明，它似乎预知所有状况。我们来到一处峡谷，陡峭的岩壁上，雪檐向外凸出，但部分似乎可以通行。一见到峡谷，狗群更是提高速度，一口气冲向峡谷对岸。

狗儿通过了，我却跌落下来。

拆除陷阱时，我有时可以坐在雪橇上稍事休息。在我们周围的冷岸岛，雄伟的白色大地晶莹闪烁。今天气温零下十五度，对我们来讲算是相当暖和。在如梦似幻的寂静中，崇山峻岭环绕着我们，中间则是辉映着白色浮冰的峡湾。

狗儿依然套着挽具，怡然自得地躺在地上，用嘴清除足趾间的冰雪，显然很享受这短暂的休息。

接下来的路程，狗群见到斯文德森湾那座小小的黑色屋子，听到雪橇手"吁踏！吁踏！"的催促声，它们知道旅程即将结束，更是铆足了劲狂奔。

小屋又被雪掩埋，必须先把雪铲开。狗儿躺在柔软的雪地上晒着太阳歇息，我则在小屋内准备点心；这里茶、糖、炼乳、香脆饼干、面包和奶油都很充裕。

我外表相当健康，而且"如此泰然自若"，这一点颇令医生感到惊奇。

其实很简单，在这里，我们每天只做对生命至关重要的工作，以维持生命，无论白天或夜晚，都在大自然中活动。后来我们谈到，我们都对欧洲都市人，特别是家庭主妇深表同情，她们不仅得忙着持续与煤烟子、灰尘、蛀虫或鼠辈奋战，还都认为有义务打理自己的外表。

另外，我们还聊到了欧洲的艺文活动，例如音乐。在欧洲时，音乐对我们而言极为珍贵，我们认为音乐能使人精神愉悦、心情放松，没有音乐，我们便活不下去。奇怪的是，在这里我们却丝毫不渴求音乐；在这里，我们总是精神愉悦、心情放松；大自然似乎蕴含了维持人类身心平衡所需的一切。

而与此同时，屋外的狗儿也忙着把秋天扔弃的带皮绒鸭羽毛，从雪地中刨出来吃。它们不该这么做的，因为一旦它们吃得太饱，回程路上它们就会懒得拉雪橇，行动会愈来愈缓慢，并且在必须攀高时，会想法子绕开，还假装这辈子从未听过"左""右"的指令。

对双腿而言，如此时慢时快地被拉动着，自然要比在后方稳定滑行吃力得多。直到我们抵达某座小丘顶上，要沿着陡峭的山坡往下走时，狗儿才又振奋起来。两位男士尽力减缓雪橇速度，以避开左侧急降入海的丘壁，总算勉强过关，但一到谷底，雪橇便翻覆，狗儿也被挽具缠绕住，彼此撕咬成一团。

过了好一会儿，才终于将狗儿分开。两位男士必须将狗脚分别从纠结的乱阵中一一解套，成功解套后，两人也已经汗水淋漓了。接下来又是一段速度稳定的路程，狗群踏着稳定的步伐前进，而且老老实实地。我高踞在堆满物品的雪橇上，必须绷紧每一块肌肉，才能在颠簸着驶过冰雪与岩石的雪橇上维持平衡。最后，才好不容易回到了我们的小屋。

我们全都早早上床，因为明天将是一场艰苦的旅程。等到屋内一片寂静时，我又再度爬出雪洞，向灰岬告别。

这是个美丽、圣洁而宁静的夜晚，大地与天空浸润在梦幻般的柔和钴蓝色调中，积雪的山坡与海岸极不真实，有如梦境般，被极轻、极薄，沿着北方地平线缓缓移动的淡黄色天光映照着。而在万物之上的，是除了此地，唯有另一个世界才可能存在的宁静。

这群黑狗，有的躺卧在屋顶上，有的在雪中休息。其中一只缓缓起身，黑色皮毛布满了雪花。它那对大而严肃的眼睛凝视着我，什么都不问，什么都不说，远离尘世和真实，却饱含着梦幻、深刻的生命，一种与蓄藏于整片寂静大地同样神秘的生命。

我悄悄爬回屋内，屋里寂静无声，其他人都已入睡，我虽然累坏了，却躺着久久无法成眠。我知道，明天我不会跟他们过去，我办不到……我离不开这里。我知道，等动物们都重返这片土地，等一切都苏醒时，这里还会更美。我决定，如果我丈夫一定要随他们一同前往阿德维恩特湾，我就要独自留在这里。

第二天，我把我的决定告诉他们，大家默默不说话。最后卡尔打破了沉默："冷岸岛痴，冷岸岛痴！太太疯了！"接着他们仿佛劝服一匹病马般，极力想说服我。

诺伊斯说："这趟路你可以全程坐我的雪橇。"他以为我担心的是漫长的旅途。

"我不能让您待在没有维生素的海岸，"医生表示，"这是您最后一次的旅行机会。"

"冷岸岛痴！"卡尔不断呼喊。

唯独我丈夫默然不语，他了解我的心思，他自己也离不开冷岸岛了。

最后，其他人依然启程，卡尔也一块儿走。由于下一次我丈夫会再独自过冬，因此卡尔接受了诺伊斯给他的一份夏季工作，这么一来，卡尔就得前往特罗姆瑟。要和这位忠诚的、随时热心助人的极夜伙伴道别，实在令人依依不舍，他的善良与永远不被打倒的幽默将永留在我们心底。

卡尔允诺，这辈子他都会和我们通信；医生也答应，第一艘渔船到来时，他会为我们送来最新的政治消息；诺伊斯则表示，他说不定会驾驶他的汽艇北上搜集羽绒，到时他会为我们送来蔬菜，而他父亲也会同行。他父亲盼望七十岁生日时，有机会绕航冷岸岛。

我们一遍遍握手、道谢。"一路顺利！"接着是"嘿、嘿！"的吆喝声。狗群撒腿奔跑，其中一只野性未脱的格陵兰哈士奇，不肯和同伴一起套上挽具，于是在雪橇后头迅速奔跑。

就这样，狗、雪橇和三人的身影在远方变得愈来愈小，最后失去了踪影。

但逐渐微弱的"左""右"指挥声，依然清晰地从寂静而凛冽的空中传来，久久不停歇。

驯鹿栖地一游

那是个晴朗的好日子，有着意大利蓝的天空，晶莹洁白的陆地和海洋。今天，峡湾散布着积雪深厚的冰，宛如覆盖着白霜，在阳光下做着梦的公园。我们站在小屋屋顶上，眺望着这片浩瀚的寂静世界。此刻没有一丝的风，纯净的空气有如沁凉的泉水。

今天，远方的景物似乎近得碰触得到。对面的驯鹿栖地，丘陵与谷地高低起伏，仿佛雕刻品般唾手可及。远方在强烈地诱惑着我们，我初次感到渴盼远行；这是春天时，所有过冬者都会油然而兴的感受。我渴盼从近处欣赏、触摸、踏上峡湾对岸那片看似极近，梦幻般晶莹闪烁的大地。

"我们要不要过去？"我问我丈夫，"说不定可以得到维生素喔！"

我丈夫没吭声。

"你不是说，斯文四月底时要在他的驯鹿栖地小屋停留，而你也跟他说过，到时我们可以在那和他见面吗？我很想认识我们的邻居呢！"

他的回答是："哼！"

"对面绝对有上百只驯鹿在阳光下觅食！"我又说。

"哼！"

"难道你以为，我没本事穿过峡湾冰层过去？太可笑了！"

我丈夫朝空中嗅了嗅，又瞅了瞅天空，说今天并不适合这种出游。

"天气好得不能再好了。"我已经不耐烦地发脾气了。

"天气太好了，"我丈夫说，"正是那种会引诱没经验的人，做出超级蠢事的典型天气。"

"会有什么事呢？"我反驳他，"这样的天气还会持续五六个钟头，而斯文的小屋里也有储备食物，万一天气变坏，我们可以在那里待上几天。还有，这次出游，责任由我承担。"

我丈夫哈哈大笑，他被我说服了。

小屋里一切维持原状，我们系上滑雪板，戴上滑雪护目镜，除了一只空背包和步枪，什么都没带，就这么出发了。

我们直接穿越峡湾，和对面的海岸呈直角前进。我真想走向峡湾更深处，到驯鹿栖地所在的半岛上，瞧瞧猎户诺伊斯的宿营小屋。据说那是一个布置得相当舒适的箱子——飞机的装货箱。这个装货箱是一个探险家的，诺比莱起飞前往北极后留在金斯湾，后来被诺伊斯运往里福德湾。

虽然我们的目的地是斯文的小屋，但我们并没有直接朝驯鹿栖地所在的北岬角走，据说有道强大的洋流会经过当地海岸，使冰层变得不稳固，还会在春天时开始碎裂。

我们在海冰上走得越远，冰面上堆叠的冰块便越高，从四面八方吹来的雪将这些巨大冰块吹出奇形怪状，有些状似茂密的树丛，投下柔和而低的阴影；偶尔我们也会经过辽阔、积雪的圆形草地，草地上阳光照耀，一片静谧。

"这些是峡湾结冰、风暴来袭时的无风带。"我丈夫指着辽阔的冰面向我说明。

"无风带？"我思考了好久，才能想象这片寂静的冰天雪地，这片已经存在几个月，而我们已经习惯在上方稳定行走的大地，说穿了不过是经风暴与霜雪拍击的海水，在我们脚下有鱼儿与海豹，数百米深处还有山脉。

我不时取下护目镜，欣赏冰雪的缤纷多彩。一个个平面与和缓的山坡映现出淡胭脂色；背阳处，所有物体都显露出极度纯净的光谱，从紫色转为最深、最纯粹的钴蓝。

大约走了一个钟头，我们发现冰面上有只海鸥，正徐徐地曲折低飞而过。

"它在找熊脚印！"我丈夫低声告诉我。不久之后，我们果然见到新留下的大脚印，这些脚印步距均匀地从海上朝峡湾深处蜿蜒而去。我们循着脚印走了一段路，抵达一处显然是熊休息过的地点，地上散落着两只海豹的小鳍肢，上面还带着白毛。

"当然啦，现在是四月底，"我丈夫说，"海豹已经结束生产，它们专爱挑峡湾深处，让小海豹可以栖息在坚固的冰层上。今天会有许多熊往峡湾挺进。"说着，我丈夫从容地用竹杖在附近的雪丘上戳刺，果真发现了海豹妈妈在底下安置小海豹的小雪丘，想来是为了躲避熊、狐狸与大型贼鸥的目光。

"可怜的海豹妈妈回到冰上，结果只见到孩子被啃剩的骨头，它会怎么想？"

"你不该以人类的标准，衡量动物的感受。"我丈夫安慰我，同时继续前进，在冰块之间寻找最佳路线。

我暗自往背后瞄了一眼，想知道我们离我们的小屋有多远。你猜怎么了？

我根本看不到任何灰岬的海岸，只看到一片我未曾见过、斑驳而高高竖立的蓝色墙面，我诧异地呼唤我丈夫。

"抬高的地面，"他只说，"可能是韦德峡湾，也可能是东北边的什么物体反射到较高、较温暖的气层。"

这种景象实在把我搞糊涂了。

我们遇到愈来愈多的熊脚印，这些间隔均匀的脚印从雪丘间蜿蜒穿过，全都从海面往峡湾深处而去，我们就置身熊的国度之中。

我对熊的恐惧已经完全消失，行走在这片美丽而奇谲的世界之中，我仿如置身梦境。

这里好宁静！阳光照着静悄悄的地景，柔和阴影呈现出红灼灼的美丽色彩。这片大自然里，万物彼此依存相属，就连深雪地上的熊脚印，也显示这些熊是如何安详地走着它们的路径。这里，万物都呼吸着相同的悠然宁静，仿佛一股最神圣的安详和谐盈满了万物。

我感到自己与大自然的本质极为亲近，我见到这些路径弯弯曲曲，同时又依据永恒的法则彼此不会相交纠结。

我隐约体察到何谓终极的庇佑，在这种庇佑之前，所有人类的理性思维都将化为乌有。

欧洲人能否想象，当所有的风暴远去，在阳光下，这片浩瀚的冰雪荒原，深沉的宁静与美？他们是否知道，当他们逼迫某个生物离开这片巨大的悠然宁静，将它强行带往自己居住的大城市时，这究竟意味着什么？他们是否知道，当他们将一只北极熊，将一只身体强壮，足以抵御最强大的自然威力，足以在浮冰上，在漫漫长夜中抵御狂风袭击的动物囚禁在笼子里；将一只生来就是为了流浪，为了永不停歇地在海上、在冰天雪地的岛屿与陆地上流浪，永不止歇地在地球上最辽阔、最宁静的国度流浪的动物囚禁在笼子里，究竟意味着什么？

越是接近峡湾中央，冻结的冰山体积越是庞大，其中最大的那几座冰山，出现了大大的缝隙与裂痕，海水从其中涌出，随即又在雪上冻结，有如淡绿色玻璃般透明。

我们在这个风光不断变换、广袤的美丽世界中走了一个又一个钟头，眼前的驯鹿栖地也逐渐清晰、高耸，熊脚印则愈来愈稀少。最后我们走到凌乱的冰阵中，看来是无法滑雪通行了，但若不用滑雪板，又无法跨越雪层下的裂缝。还好最后我们还是抵达了。这一带的部分岩石海岸上方，有巨大的雪檐凸出，部分则朝峡湾倾斜，而海岸边缘也和对面灰岬海岸（我们的居住处）一样，出现相同的缝隙与裂痕。这些重重叠叠，在冰面上画出大弧形的裂缝是历经涨潮与退潮、海平面不断升降所形成的。陆地上，雪地被数不尽的狐狸足迹交错切割。"好多狐狸都避开了斯文设的陷阱。"我们两人异口同声地说。所有的狐狸足迹都跟着熊脚印往海冰走，这么一来，在这种季节，狐狸便能找到熊吃剩的食物，饱餐一顿。

这片驯鹿栖地和我在对岸想象的截然不同，这里没有成百上千只驯鹿群聚觅食，而且也很难想象，这块遍布冰雪的土地会是一处苔原，是驯鹿的天堂。此刻我感到疲累又异常口渴，也感受到迎面吹来，冻僵我们脸庞的凛冽北风。我们离驯鹿栖地的北部海角"欢迎点"还相当远——数百年前，"欢迎点"是航行冰洋的船员为这处海角所取的名称。直到今日，对从东方来、从冰层推挤最频繁的海域过来的冰洋船而言，这个海角依然是个"欢迎点"。这些船只在驯鹿栖地的北海岸前，通常找得到没有结冰的航道，因为西边来的强大暖流影响，使春天的海面通常已不再结冰。今天，我们必须抵达这个海角，斯文的狩猎范围一直延伸到那里，而他东边的宿营小屋也同样坐落在当地。

我丈夫带领我横穿过陆地，我们走了大约两小时，走过永无止境的丘陵和山谷，行过恍如迷宫的地区，我完全无法理解他该如何找到斯文的小屋。但最后我们果真抵达那里的海岸，那栋覆盖着积雪的小屋就在山下深处。遍布冰雪的北冰洋在我们眼前展开，但只有北方和极为偏西的地方，可以看到小小几处尚未冻结的海水，在一片白茫茫之中透出墨蓝色。这些晃动闪烁的墨蓝吸引了我们的目光，我们也清楚听见波涛声——尽管非常微弱。我们默默地伫立许久，聆听这久违的声响，出神地凝视着这一小片涌动的自然。而对面的西冷岸岛，灰色云层笼罩在白色山巅之上，如假包换的深暗色风暴云。

我们有多久没有见到云了！一股令人欣喜的家乡情怀突然涌上我们心头。见到、听到吐纳呼吸的大自然，尽管隔着一段遥远的距离，但对我们而言仍是难得的经历，而这种经历，只有我们这种在冰封世界生活了好几个月的人才能体会。这就像是历经一段漫长而瘫痪行动力的睡眠后，所有充满生命的东西，突然从我们的灵魂喷涌而出。

尽管距离遥远，但空气如此清澄，我们可以清楚看到小屋烟囱并无烟雾升起，原来斯文不在家。我们大失所望，但我又累又渴，因此我们还是往下滑向那座小屋。小屋四周的雪未被人类移动过，看来斯文已经不在这里很久了。小屋的门被人往内推，铁定是哪只熊的杰作！小屋附近找不到斧头、铁锹，也找不到任何其他工具，我们无法将门打开，而寒气——今天气温零下三十五度——侵入骨髓。幸好最后我勉强从狭窄的门缝挤进屋内，才能从里头把门向外推开。

现在我们终于进入这座舒适的小屋，斯文临走前为了接待我们，已经把一切都准备妥当。桌上摆好了餐具和一小碗奶油，旁边还放着一张字条："咖啡好了放在火炉上，面包在外面的玄关。"火炉前也已备妥干燥的木柴、木屑和火柴。很快，火焰便噼噼啪啪烧了起来，已经加好糖和牛奶的咖啡，也在烧水壶里融化变热。我们喝了好几杯暖乎乎的咖啡，吃了好几块斯文用裸麦面粉烤的面包，这些糖浆面包解冻后散发出迷人的香气。我们非常感谢这位老猎人的贴心，并且在火焰熊熊的小火炉旁宽敞的床上歇息了一会儿。阳光从小窗户洒进来，让我们得以远眺北冰洋。这座舒适的小屋一尘不染，据说斯文总会在雪橇上带上板刷、肥皂和苏打，并且在离开每座小屋之前，都会先用肥皂刷洗干净。木墙上有几张彩色印刷图片，几个漂亮女生灿笑着俯视着我们。我们两人都说："斯文很有品位。"

"唉，如果你想从这里出发打猎，"我告诉我丈夫，"我会很乐意单独在这座漂亮的小屋待上几天的。"

"待在你一旦睡着，就永远回不来的小屋里。"我丈夫补了一句。

我很难理解待在这座如此友善的小屋，会在短短几小时内死去。

"你这个傻瓜，想想看，"他说，"这里既没斧头也没铁锹，你要用什么把那些靠在小屋前的粗大漂流木弄小？这些劈好的木柴撑不了多久，到时你要用什么做饭、取暖？还有，这里也没有睡袋，偏偏小屋的墙壁又薄。万一坏天气把我们困在这里，粮食就会不够，而你也别想斯文会来这里。这种天气，他是不会踏出家门一步的。"

我眷恋地从小窗眺望着比斯开岬，在这个深深延伸入海的半岛上，斯文这位"全世界最北方的瑞典人"已经在这里独居超过十五年，只有两只忠心的狗儿陪伴。半岛上有几座插着小十字架的俄国人坟墓，夏天，小屋附近有成百上千只绒鸭孵蛋。我丈夫说，斯文的狗儿很可爱，每当有人在斯文家做客，和斯文聊天时，狗儿便会在它们位于床底下的位置，不断甩尾敲打地板，因为这些年来，它们已经习惯了主人只对它们说话。

今天别想前往比斯开岬了，那离这里还超过四十公里之远，而且两地之间还横阻着勒德湾和许多潟湖。

我丈夫催促我得回家了，他心心念念的都是从西边迅速飘过来的带状云层。

我们写字条告诉斯文我们来过，并且致上许多问候，感谢他的款待。另外，我们也把诺伊斯到灰岬探望我们时，托我们代转给斯文的信件放到桌上。

我们把门堵住，怀着沉重的心情踏上归途，因为我们又没有猎物空手而回。

黑夜降临，气温极低，天空几乎全被云层遮蔽。北方，红色太阳低悬在飘飞的雾絮间，夕阳红色的光洒落在比斯开岬，然后逐渐淡入乳白色雪中。而北边，海冰上未冻结的区域也传来了澎湃的浪涛声。我们没有携带罗盘，所以我们加速前进，以免在海冰上和雾与雪不期而遇。

等到我们再次踏上海冰时，已经将近午夜时分。灰色海冰蒙上了冷冽潮湿的雾气。我们沿着来时的滑雪板痕迹前进，空气却变得愈来愈滞重，而北边的太阳也转成赤铜色，它那只在北部与冰洋才会出现的独特氛围将我们包围起来；这是一种昼与夜、光与暗难以分辨，所有色彩与形状全都消失的氛围。

我必须使出所有力气维持同样快的速度前进。我的双脚冻得发疼，而我们在斯文的小屋中停留时，我的皮靴虽然解冻了，却没有变干爽，这时再度冻得硬邦邦地，左脚上的靴子更不时从滑雪板上的皮带松脱，我得弯身上百次把靴子系紧。虽然我在斯文的小屋里喝了许多茶，但那令人难受的口干舌燥感又出现了。

　　"别吃雪！"我丈夫对我说，"吃了你会变累，而且更渴，忍着！"

　　天色愈来愈暗，灰色雾气将我们笼罩住，天空还开始降下粉雪。万一这时还起风吹散我们的滑雪痕迹，我们就会在冰上迷路。现在我的双脚已经失去知觉，我第一次真真切切感受到北极世界的残酷。

　　现在我终于理解猎人们对大自然的耐心与谨慎，理解他们对自然的顺服，他们对自然法则无条件地遵从。因为唯有如此，他们才能在无尽的孤独之中，安然度过这片大地的所有危险，保住自己的性命。

　　我丈夫走到我前头，不发一语。我知道，如果没有我，他可以走得很快，可以避开浓雾和大雪。放眼望去，早已不见陆地踪影，而潮湿、沉重的空气使呼吸更加辛苦，并且让四肢沉重如铅。从熊脚印判断，我们大概是来到了峡湾中央。这一带似乎没有新的熊脚印，原来的脚印则几乎已经遭雪掩埋。除了疲累与呆滞，其他的我都感受不到，口渴也快到无法忍受的地步了。

我实在佩服我丈夫，他并不觉得渴，依然精力充沛地前进，偶尔还转过身来，耐心地对我笑了笑——尽管对他来说，这趟路程同样艰苦。

不知我们究竟走了多少个钟头，这时雾气缓缓消散，在旭日美丽的红光中，峡湾南端的伯克湾与鲁斯角的山峰从浓雾中浮现，周围的山脉也都变得清晰可见，并且在鲜艳的玫瑰色光线中闪闪发亮；在这之上，则是蓝色的苍穹。我们已经来到了灰岬的晴天区，欢欣鼓舞、清晰的寒冷空气离海洋更远，熟悉的沟槽山脉则愈来愈近，愈来愈巍峨，而在平坦的前滩有个小黑点，那里便是我们温馨的小屋。在我们眼中，小屋似乎还离我们天长地久般远，但与此同时，我们却有了大发现。

今天早晨，我们留下的滑雪板痕迹旁，有一道极新的熊脚印朝小屋的方向迈进。看来，有只从峡湾深处返回的熊，对我们的滑雪痕迹颇感兴趣，看得出它如何在滑雪板痕迹一旁走着，边沉思边用前掌在痕迹上抹拭。

"这只熊一定在我们的小屋附近！"我丈夫两眼发光地

对我说，同时不自觉地加快速度。我累得高兴不起来也没力气害怕，脑子里想的只是，这只熊耽误了我上床的时间。

但过不了多久，我丈夫便失望地朝我摆摆手。这只熊并没有在灰岬上岸，反而在快到我们小屋下方时改变了方向；看来在它眼中，这栋黑色的屋子相当可疑。

我丈夫赶在我之前返家，我见到烟囱升起袅袅烟气。好不容易到家，但小屋又冰又冷。我脱掉靴子，两只脚已经白惨惨地麻痹了。我坐在床上，边咒骂边痛得大哭。我丈夫也同样咒骂着，但他同时忙着扇动火焰、磨咖啡、为我按摩双脚。他骂的是那些在北极没有经验却又鲁莽、固执的女人。

小屋开始变暖，我的脚也恢复知觉；咖啡沸滚，做面包的面团也苏醒，并且散发出怡人的香气。我们坐下来吃早餐，欣喜自己又回到家了。这次我们离家二十个小时，但现在我们知道哪里有熊，而斯文也收到了他的邮件。阳光从窗口洒落进来，天空蔚蓝的灰岬再度令我们神魂颠倒，至于风暴云、未结冻的海水以及所有令人幸福的欧洲情怀等等，我们都已经忘却了。

然而，在峡湾上与西北方出现了阴暗、涌动的雾气。

我丈夫说："斯文那里有风暴来袭，幸好我们已经离开，否则这种情况可能会持续好多天。"

维生素大作战

那些依据医学观点早该死于坏血病，却依然在一个晶莹雪白，充满阳光，不分昼夜阳光朗照的美丽世界开心度日的人，心情究竟如何，实在很难以言说。冬日一片黑暗，如今则一片光明，因为根据一项美妙的自然法则，地球上任何地方，都享有同等长短的日照时期。

此时，无论陆地或海洋依然冰雪遍布，气温也依旧在零下二十到零下三十度之间摆荡，放眼望去，不见任何动物踪影。尽管我们已有八个月不知鲜肉滋味，奶油或蜂蜜等含有维生素的食品早已吃光、炼乳也摆放超过一年了，但置身如此明亮、壮丽的风光之中，这些问题丝毫没有减损我们的好心情。

对面的斯文家似乎也没有新猎物，因为他没有再来我们家。真可惜！就算他没有带来任何鲜肉，只要他人来，我们也会很开心的。

五月中旬。除了一只白色海鸥，我们再没有见到其他动物。某日清晨，这只海鸥在我们家附近穿过一道白色雾虹飞来，这道雾虹比我们家乡的彩虹略小，颜色雪白且较为清晰。雾虹与被阳光照得灿白的海鸥，构成一幅极美的画面，美到我们没想到要开枪。

此外，我丈夫还提出一项新见解：人类根本不需要维生素，生之勇气和幽默就是最佳的维生素。

五月底。今天，冰上出现了第一只海豹的身影。今天清早，我在屋顶上发现它的踪迹，起先我们以为那是某块浮冰的影子，但透过望远镜，我们发现远方海冰上的黑点偶尔会移动。这个冰上的微小黑点令我们振奋又喜悦，才吃过早餐，我们便携带步枪朝冰上的黑点挺进。

可以预期的是，在我们踏上海冰的那一瞬间，这颗黑点便会消失不见。但我丈夫非常沉稳地在凌乱的冰阵中曲折前行，我也就信任地跟着他。他告诉我，海豹在冰上非常警觉，每隔几秒便会查看它们最大的天敌——熊的动静。海豹的嗅觉和听觉都极为敏锐，因此人们必须逆风潜近。

如此过了一小时，我心里早就放弃希望，认为我们永远到不了那里，但这时丈夫却说该匍匐前进，而且一旦发现海豹抬头（大约每二十秒一次），我们就得趴着不动，仿佛自己也是海豹。

我们就这么在雪地上爬行，脸上沾满了雪，浑身湿漉漉的，还得确保步枪的干燥。我忍不住不时扭头张望，以免真有熊把我们当成海豹了。

很快我们就看到了海豹的身影，它正悠闲地躺在阳光下，每隔二十秒，便准时抬头查探。我们继续匍匐前进，而我也生平第一次感受到狩猎的冲动。

海豹是否嗅到了我们的气味，听见我们的声息？它瞧都没瞧，突然间跳回它的呼吸孔，扑通一声，就消失在洞里了。

我们沮丧地走回家，而就在我们登上小屋附近的海岸时，海豹又悠闲地躺在它的老位置了。

第二天我们又去碰运气，因为那只海豹又躺在同一个地点。昨天留下的滑雪痕迹今天完全派不上用场，因为此刻吹起微风，我们必须绕个大弯，才能在接近时不被它察觉。最后我们侥幸进入射程内，轰然枪响，海豹再度消失在它的呼吸孔中，子弹则撞上冰块弹开，因为海豹躺在凹洞深处。

隔天上午它并未再现身，当天气温零下二十五度又吹着风，这种天气海豹是不会栖息在冰层上的。

我们每天都去检视猎熊的自动射击装置，在离海角颇近的海冰上，我们发现了一处黑色的海水区，我们走过去，希望能看到鸟群。抵达黑水区时，发现原本可能是冰层裂隙的位置，却被透明的坚固冰层封住，看不到任何动物的踪迹。

但在返家途中，我们听见某个雪地凹洞中传来清晰的汩汩水声，以及仿佛是水禽发出的咯咯叫与戏水声响，中间还夹杂着奇特的"啊——胡啊"。这一切听在耳中是如此清晰，仿佛我们正站在一摊被群鸟环绕的水中。但触目所见，只是冰雪遍布的陆地与海洋，并没有看到无结冰的水域。

"声反射，"我丈夫说，"海冰上没有结冰的区域，可能在远处的海冰上有，'啊——胡啊'是雄绒鸭的叫声。每逢春天交配的季节，它们就会从较南边的地区北上。看来似乎已经来了许多绒鸭，只是我们并不知道，因为那些未结冰的地点很可能在遥远的海上。"

我们心有不甘地离开那个雪地凹洞，离开水禽的咯咯叫与戏水声，离开将渴望鲜肉的我们骗得团团转的地方。

又过了一阵子，我们发现北方海冰上出现了体型庞大的黑色动物。我丈夫说："这些是髯海豹，可惜我们捉不到，因为它们往往栖身在暖流融冰，龟裂的冰面上。"

我们透过望远镜观察这些大型动物，发现它们懒洋洋地躺在阳光下，鲜少移动。今天"只消一发子弹，远处五百公斤重的鲜肉便唾手可得"这样的念头一直挥之不去，我们决定无论如何都要碰碰运气。

我们从海角登上海冰，朝髯海豹前进。它们似乎很有安全感，根本不理会我们。到了相距约莫三百步远时，我丈夫开了一枪，击中其中一只，其他髯海豹则慢吞吞地进入水中；我们兴奋地跑过去。

我们的肉山就近在咫尺。但就在此时，冰上突然闷声晃了一下，接着在我们方圆大约十米之内，冰层突然出现裂痕，并且明显下陷，但冰面还支撑着，我们也继续奔跑。这时我们的四周又开始闷声晃动，但髯海豹就躺在前方约莫一百米处，我们想冒险赌一把。接着又是可怕的晃动，我们脚底下的冰层也开始摇晃，并且转为蓝灰色，我们膝盖以下都陷入了雪泥冰中。

现在我们必须折返，还得解下滑雪板。在泥泞的冰上前进，脚上时而套着滑雪板，时而脱下滑雪板，如此前进实在不容易。当我们再度踏上稳固的冰面，开心地踏上岸边时，我们都很庆幸，只是远处那座庞大的鲜肉山已经遥不可及了。如果有轻艇，或许我们可以放胆再试一次，否则我们绝对到不了那里。

隔天，那群髯海豹待过的地方出现了融冰，吸引许多鸟儿盘旋。我们无法抵达那里，只能眼睁睁望着这幕景象。而因为附近的海面出现融冰，又让我们燃起猎熊的希望。

我丈夫说："现在暖流来了，冰面局部开始破裂，斯文不可能到我们这里了。"

许久后我们才知道，五月初时，斯文曾经射杀一头熊，这位可靠的老猎人于是带着一条熊腿朝我们家出发，可惜他乘坐的雪橇在半路上翻覆，他的雪地护目镜也在雪地中遗失，雪盲的他不得不立刻中断旅程，让狗群将他送回比斯开岬。

天气翻脸，寒气刺骨，暴风也一连持续了几天，我们被困在屋内。风暴平息后，我必须独自铲除门前的雪，因为我丈夫扭伤了脚，躺在床上。

现在，我每天都独自出门检视捕熊陷阱，除了步枪（为了给我安全感），我还带着望远镜，好从远处检查陷阱状况。只是这些陷阱都遭雪掩埋，必须走到相当靠近才能知道陷阱内是否有熊。每次巡视完毕回到家，我总是大大松了一口气，因为沿岸的路径位于堆叠的浮冰之间，令人眼花缭乱，而某些浮冰块在冲向海岸时会搅起层层海砂，颜色就和熊一模一样。

这几天，沿岸一带都有暴雪鹱飞翔，寻觅产卵地点。我丈夫扭伤脚后初次能出门时，便从空中射杀了一只。

我们有如鬣狗般扑向那只暴雪鹱，两人联手将它拔毛下锅。我们不断掀开锅盖，贪婪地嗅着那肉香。油腻的脂肪使肉汤呈深绿色，肉还没煮熟，我们已经把浓郁的肉汤喝得精光。

隔天，海鸥成群来到，它们飞得相当低，我丈夫一共从空中射下十六只。

同一天傍晚，远处海角上的自动射击装置前，也躺着我们的第一头熊，命运真会开玩笑！尽管暴风强劲，我丈夫还是出门巡视陷阱，并且带回这件好消息。

我们带着刀子和雪橇，在飘卷的狂风中出门。

大熊就躺在陷阱前，额头上有个小小的枪击伤口。我们两人使出全身的力气才将它翻身剥皮，在暴风中执行这项"冷冰冰"的差事。我们才刚把皮毛放进雪橇，暴雪鹱便开始尖叫，绕着熊尸盘旋。

现在我们不必再为食物担心，可以开始享受生活了。我们最爱到海鸥大多会飞过的海角走走。这里风光极美，而远远伸入海上的海角，也是著名的冰洋船航海家马蒂亚斯最后的安息之处。他的船遭浮冰挤压受损后，他不愿随其他工作人员弃船逃生，最后死在灰岬前的海上；黑色的小型木十字架孤零零地从雪地上探出头来。

灰色的暴雪鹱与白鸥从我们上空飞过，海鸟上方则是北归的海雀。听到海雀的啼声时，你才会注意到它们的存在。而你必须找得够久，才会发现在深蓝色天空深处，这些成群飞翔的鸟儿，就像是微小而明亮的银河星星聚成的朵朵小云。海雀从这种高度寻找冰洋上未结冰的水域觅食，也不断有从南方飞来的成群海雀飞往北方。

环绕着我们的，是冰封的大海；在我们上方的，是低垂的天幕，遍布着归乡的鸟儿；而我们心中，则洋溢着浩瀚无边与恒久不灭的盎然生气。

冰天雪地中的春天

我们坐在小屋的黑色屋顶上，这阵子屋顶逐渐从雪堆中浮出，而我们时而穿多时而穿少，享受着暖和的阳光，觉得这就是人间天堂了。环绕着我们的，是北极之春展现的雄浑、纯净以及无可比拟的美。

一大早，娇小的雪鹀便以嘹亮的歌声将我们唤醒。雪鹀是冷岸岛唯一的鸣禽，它们哪里不挑，偏偏挑中我们的烟囱当成登高演唱的舞台。每当我们从雪洞中爬出时，这些娇客也已失去踪影。冰层上依然笼罩着闪烁着胭脂色泽的高高雾气，雾气上方是夺目的日光，投射出灿白的高高雾虹。

雾气一消散后，块块浮冰便如白色幻影般浮现，洁白、纯净的色泽愈来愈清晰，最后展现在我们眼前的是一片清晰无比，灿白、浩瀚无边的冰洋。

羽色雪白的海鸥如雕一般在冰层上空盘旋，它们缓缓拢起宽阔的翅膀，以优雅的动作，降落在凸出海面的晶莹浮冰顶上。这些白鸥接二连三成群飞过我们的海岸：此地一切的形体，一切的生命，都以灿亮中的白展示着自我。

在这里，我们人类显得相当突兀，所有的海鸥都先好奇地围绕着我们和小屋盘旋，一次，两次，有时甚至飞离一段距离后又再度折返，再次绕着我们盘旋。空中如此宁静，静到它们的轻啼和拍翅声都听得见。

上千只海豹躺卧在冰上，直到最远处都是这些黑点。在漫长的黑暗时期，海豹不得不在沉重的冰面下度日，现在它们都出来享受舒服的日光。

我们很久没在小屋附近狩猎了，因为我们的肉量相当充裕。一只剥了皮的海豹正在屋顶上的破冰斧上摇晃，它的影子也不得不随着绕屋移动的短影，一同绕着小屋旋转。

这里的动物丝毫不怕人，它们都在我们四周从容地干着春天的活儿，我们就近便能观察，还发现一些令人感动，甚至相当逗趣的行为。有一对燕鸥爱侣占领了一块漂流到我们岸前的冰山，现在的冰山不过是个光滑且融化中的尖顶冰块，冰山四周则是盛着淡绿海水的凹洞，里头有许多小小的红色海洋动物。

燕鸥是北极最杰出的空中杂技好手。雌燕鸥一点也不想自己觅食，它就坐在这座冰山的尖梢，叽叽叫着撒娇地注视着水面。雄鸟则在空中奔忙，它拍动翅膀悬停在空中，一旦在绿宝石色的小水坑中，发现在阳光下闪烁的小型海洋动物，便如箭矢般潜入水中，接着拍翅飞向雌鸟，悬飞着将食物送给雌鸟。雌燕鸥似乎永远吃不饱，一天要吃三餐。

假使有另一对燕鸥也想来食物丰富的水坑分杯羹，原本占据冰山的燕鸥就会破口大骂："走开！走开！这里是我们的！这里，这里，这里是我们……我们，我我们，我我我我我们的！"

先到的燕鸥会持续叱骂，直到新来的燕鸥夫妻乖乖离去。傍晚时，一群雌燕鸥蹲踞在冰上较大的水坑旁，全都面向着水面，柔软的长尾巴宛如礼服拖尾般展开，雄鸟们则都嗡嗡嗡地在空中拍动着翅膀，表演特技、潜水。怪的是，我们从未见过雄鸟在这种时候喂食雌鸟，这一切似乎比较像是雄鸟为它们的美娇娘所做的精彩表演。

其中，我们的"克拉拉"最是美丽。克拉拉这只雷鸟，每天都会过来拜访我们几次。截至目前，每天我们吃早餐时，它都会准时来访。当它盘旋着愈飞愈低，双翼簌簌拍动，绕着我们的小屋飞翔，接着缓缓降落在雪地上时，透过敞开的门，我们就可以听见它的动静。之后它便蹲踞在门口附近等候，而它每天自然都能分享到我们的美食。从几天前开始，它甚至将它的新郎也带过来，那是一只同它一样漂亮的雄鸟，羽色雪白，有着黑色的脚与黄中带绿的嘴喙。

它们从高空飞来，互相爱抚、亲吻，呈现一幅完美和谐的画面。然而，一旦克拉拉在小屋前发现食物，情势就会即刻翻转。克拉拉会立刻飞下来，大口大口地啄食肥肉，而它的新郎则站在一段距离以外，不敢稍越雷池一步。如果它胆敢放肆，克拉拉便拉长脖子"格厉厉厉厉厉"地叱骂，恶狠狠地瞪它。要等到克拉拉偏垂着嗉囊，因为吃得太撑而惧怕地急促喘气，雄鸟才敢靠近那块肥肉，贪婪地啄食，大块大块地吞咽起来。之后，这对爱侣便张开嘴喙急促喘气，随即突然像约定好似的共同起飞，轻盈地离去。

就连"蒂夫"这只凶恶的鸟也变得温柔多情，尽管这只有着长长尾羽的黑色贼鸥，有时也会尖叫着跟踪只身飞行的海鸥，试图夺取它们的食物，但大部分的时间，蒂夫都和它那同样天生强取豪夺的黑色新娘，恍惚地坐在雪地上。

当远方出现融冰区时，我们偶尔会悄悄来到冰面上。这时绒鸭们会坐在露出海水的裂口附近，这些裂口仿如雪地上的小池塘。每次总是有一只黑色雌绒鸭，和一只有着漂亮黑白羽色的雄绒鸭两两相伴；雄绒鸭仅在春天时才会来到北极。如此这般，绒鸭夫妻在没有雪的地面上等待着卵孵化，赏心悦目又富有耐心，构成了一幅安详的画面。

这时，峡湾积雪上布满了新的野熊足迹，因为现在正是熊儿大饱口福的时节。尽管有被吃掉的危险，海豹们依然在阳光下惬意地睡着，它们往往十只、二十只群聚在一起，仅由一名伙伴负责守卫。熊这种动物吃多少就猎多少，上百只海豹中仅有一只会成为倒霉鬼。我丈夫曾经见过，饱餐后的熊从一群睡梦中的海豹经过，却完全不会左顾右盼。

有时，我们散步时也会惊吓到睡梦中的海豹群。一旦发现我们，它们便会惊醒，并且彼此滚成一团，因为每只海豹都想抢先躲进雪洞中。其中有一只海豹全然忘了熊的存在、忘了寻觅配偶、忘了自己与其余的世界，这只海豹就是我们忠实的"宠物海豹"。每天，它那墨黑色的身影，都会从一道狭窄海冰裂隙中浮出，裂缝是我们小屋前方新形成的，之后它再爬到冰面上。每天，它都会在那里躺上好几个小时，紧盯着我们。只有在我们出门后，它才会在阳光下无动于衷地打着盹儿。每天清晨，它都无比欢欣地爬出水面，上演相同的戏码：攀爬到冰面上，滑行数米，接着又消失在裂缝中，接着再度现身，故意在冰面上开心欢呼着，表演几下杂耍，随即又"扑通"失去踪影。大约十分钟后，它又再度现身，左顾右盼、伸个舒服的懒腰，接着以它最能好好观察我们的姿势躺在冰面上。它的身躯在阳光下逐渐转为淡黄色，它偶尔会变换姿势，但还是持续打量着我们。它喜欢我们吹口哨歌曲给它听，而且它对任何事都有兴趣。

不过我们不能抬起手臂，因为这个动作似乎会令它想起熊，它会立刻钻回冰洞中。它常常整夜躺在冰层上，好奇地张望着我们家门。那道冰面上的裂缝其实相当长，这道半圆形的裂缝围绕着我们居住的小半岛，而隔三岔五，我们便会看到一颗黑色的海豹头颅在其中游动。打从昨日起，恋爱中的绒鸭们也在裂缝中悠游，它们总是一只黑色雌鸭与一只黑白双色的雄鸭成双成对地列队游动。雄鸭数量似乎太多，因为经常可以见到两位白色绅士向一位黑色淑女献殷勤，还出现令人心碎的失恋镜头。不过，这些黑淑女非常理智，它们知道这一带还未出现融雪的土地，也还没有可靠的融冰海面，可供破壳而出的幼雏即刻入海。一群黑淑女坐在冰面上，白绅士们则随侍在旁。偶尔，某位白绅士会"啊——胡啊！"叫得脖子都快脱臼；黑淑女们则"胡胡！"冷静回应，目光凝视着水面。

目光所及，我们的小屋前方是唯一没有结冰的地方，各式各样的动物从远近各处抵达，令我们欣喜万分：绒鸭成群飞来，海雀与娇小的黑海鸠宛如小舟般在水中上上下下，迅速旋转身体。一对傲然的黑色海鸭，仿佛脖子修长的墨黑色天鹅，短暂探访我们的无冰区。它们潜入水中，接着黑色身影滑顺地浮出水面，悠闲地游动着。看得出海豹在冰水中相当开心，它们穿梭在所有的鸟儿之间游动，鸟儿却都处变不惊。特别引人注意的是，无论何种动物，几乎都是一对对出现在灰岬前方的水池里，这种安排简直就像挪亚方舟，彰显出世上物种分布的奥妙法则。无论人类或动物，似乎都怀抱着同样浓烈的思乡情怀，所有的动物都会受到自己出生之地所吸引。猎人们观察到，春天时，总会有相同的鸟儿回到相同的地点，即使某些地方相当不适合孵卵。而每一年，都会有人见到一只可能曾经受过伤的独脚海鸥，出现在灰岬上。

有时我们会爬到山上，不是为了远眺冰面，也不是为了等候船只到来。我们就如同其他冷岸岛居民，都害怕春天时抵达这里的第一艘船；所有会破坏我们安宁的，最好都别来。

来到山麓丘陵地带，我们便解开滑雪板，躺卧在苔藓上，如今南坡上遍地都是苔藓。苔藓之间夹杂着从积雪下冒出的纤小罂粟与毛茛花朵，而在我们眼前展开的则是一座众鸟栖息的山岭。这座山的岩壁极垂直陡峭，没有狐狸爬得上去。而山岭的每一个小岩窟、每一个小洞穴里头，都栖息着一只孵卵的雌鸟。海鸥租的是最底下的楼层，再上去是娇小的海雀，而最上方的岩石山头上，则是仿如瓷像般霸气、昂然又不动如山的北极鸥。这里听不到吱吱唧唧，听不到海鸥尖叫，有的只是轻轻地、小心翼翼地拍翅进出海上，忙着喂食雌鸟的雄鸟。

一种深沉的宁静，一股几乎感受得到的庄严，笼罩着这座山岭，而成双成对的鸟，正细心又充满爱意地等待着即将到来的新生命。

深蓝色的天空上，数只雪白的海鸥在我们上方盘旋，逆光的翅膀边缘闪闪发亮。荒野上一片祥和宁静，一望无际的浮冰将我们与外界隔绝开来。

六月底时，有一次我们在北方的浮冰乱阵中，发现一支黑色的桅杆尖梢。

我们原以为无论见到人或船，我们都已无感；但在见到船桅逐渐接近时，我们却忍不住欢欣雀跃。但我们的喜悦又瞬间化为愤怒：他们居然在我们这个祥和宁静的世界里开枪！船只缓缓驶近，在一道狭缝中辛苦朝我们的海岸挺进，他们是来找我们的！我们奔向海角，见到一艘小艇来到浮冰外缘。三名男士脚步笨重地在海角的冰面上行走，他们没有使用滑雪板，膝盖以下全都陷在雪泥冰中。

挪威冰洋船的船长延斯·奥尔森（Jens Ohlsen）以他丰富的经验，为世人对北极地区的了解作出了宝贵的贡献。现在他正过来拜访我们，探询我们的状况，并询问我们是否需要协助，以及他能为我们做些什么。

"不用，我们什么都不需要。需要的，我们都有了，而且我们还不想离开这里，只是咖啡已经喝完了。"

我们在船上受到热情款待，收到整整一公斤的咖啡、四罐炼乳和一份四星期前的旧报纸当作赠礼，之后我们就开开心心地返回我们的荒野。

"韦斯泰里斯"（Vesteris）号火速驶离我们的海岸，因为这艘船前来时，通行的冰面狭缝已经开始合拢，隔天这道裂痕就消失，冰层也增厚了。

愁思岬与狼狈岬伸入一处融冰海面，天气特别晴朗时，我们可以见到东北地岛有如铺陈在一片蔚蓝之中的白色童话世界。我们突然兴起对远方无可抑遏的向往，想要不断前进，奔向北极的土地与冰雪掩埋的岛屿，奔向一如上帝初创时的冰封世界。欧洲以及所有将我们与欧洲牵系在一起的，我们都已忘怀。

这种我们从未有过的、无可抑遏的渴望，要比所有的理智、所有的回忆都更加强大。

在我们海岸前方，之前一片雪白的冰层如今出现了湛蓝的水面，这些水面逐渐扩大。原本冰封的地方，如今都是海豹的脑袋，浮起、潜下。随着风的吹来，我们居住的半岛，冰面上的裂痕也明显扩大，最后宽如河流；而有一天，整片的冰雪美景将开始缓缓朝西漂流。在暴风从南方来袭的某天，一天之内，整片冰雪全部漂出峡湾，一块块浮冰急速从我们的海岸前漂过。海浪击打在碎浮冰上，碎裂成无数浪沫，而峡湾水面也闪烁出一片蔚蓝，但远处的浮冰依然存在。

海滩上，四处可见一身黑衣的雌绒鸭，率领成群的幼雏步入水中，而许多在气候如此酷寒的年头无法孕育的绒鸭母亲，也随着这些幼雏下水。

下头海滩一带，在零星的冰块之间，有只动物伸长了脖子朝我们观望。我们的宠物海豹并没有随着浮冰离开，它依然留在这里，持续观察着我们。

我们将小艇推入海中，划向一座座小岛，收集完全以珍贵绒毛做成的绒鸭巢（如今遭到弃置）。我们在清澈、平静的峡湾水面上划行好几个小时，也不感到疲惫。高高远远的天空映照在水面上，零星的浮冰块则徐徐随着洋流游动。

融化的海水将浮冰块幻化成各种美妙的形状，有的仿佛展翅的天鹅，有的宛如奇花异卉，有的犹带冬雪与其胭脂紫色的阴影；而有些在水中旋转的浮冰块，则像是绿宝石色的琉璃蕈菇。

海上的冰原再度漂回峡湾中，陆上所有的物体都褪去了白雪，雪融之后，露出星星点点的黑色冷岸岛。前滩出现了雪水融化后形成的大型湖泊，湍急的潺潺溪水从我们的小屋旁流过，往下流向大海。

七月过，八月至，雄绒鸭早已迁往南方，而我们的海岸依旧被冰雪封锁。

空气变得冷冽，我们的身影拉长，偶尔也开始出现浓雾。

我们该再一次在这里过冬吗——在没有储粮的情况下？对这片土地的盲目爱恋，是否俘虏了我们，使我们无法离去？

心系北极

某天，海上传来了嘟嘟声，我们认出那是"灵恩"号在向我们致意，这艘船正吃力地在浮冰之间通行。

我们悲喜交集，因为接下来我就要告别灰岬，返回家乡，而我丈夫将会陪我同行一段。他要前往喜德戈特（Sydgatt），乘坐快艇和伙伴们会面，到了那里，我们便分别行动。他将和其他猎人乘坐快艇在冰洋上捕鱼，为冬季营地备妥粮食。之后，这艘快艇会在秋天时被拉上岸，而猎人们也会各自返回他们那孤独的冬季小屋。

一艘汽艇穿梭在浮冰之间，驶向我们的海岸，船长遵守诺言前来迎接我们。他和工作人员先协助我们将狩猎用的小艇拉上岸，再将小屋修缮到能抵御风暴。之后，汽艇又在浮冰之间穿梭着驶向轮船。为了庆祝大家再次见面，轮机长已经备好瓶装黑啤酒在船上，他向我们敬酒，几只海豹也好奇地跟着我们的汽艇。

下头，所有的妇女都站在"灵恩"号小小的阶梯上拥抱我，仿佛每一位都是我的慈母。一位烫着卷发，戴着小帽的女服务员见到我们两个衣衫褴褛、脸色晒得黝黑、风雨衣褪色、靴子泡过海水与海豹血的旅客上船，也忍不住莞尔一笑。

上千个问题与上千件新鲜事纷纷朝我们袭来，令我们应接不暇。接着，船开始启动，船的机械设备轰隆作响。由于力学作用，船将一些浮冰推开，这些浮冰上方蹲踞着海雀与黑海鸠，吓得这些小鸟振翅飞起，降落在扰动的尾流上，宛如一朵黑云般在冰上涌动。而对面的灰岬上，我们的小屋也逐渐变小。

船上的旅客不解地看着我们，不懂我们对那片坐落在雾气、冰与海水之间，黑而荒凉的土地之爱。

哦不，光凭一张船票的价钱，是无法让北极地区交出它的奥秘的。你必须经历那里的漫漫长夜与风暴，打破人类的狂妄自大，你必须亲眼见证万物的死寂，才能领略它的蓬勃生气。北极地区的奥秘与北极大地那令人悸动的美，

228

就蕴含在光线的复归，在冰雪的魔力，在荒野中窥探到的动物生命节奏，在当地万千生命呈现出来的法则之中。

我们坐在餐厅里，但与那些光鲜亮丽、规矩交谈的旅客显得有点格格不入，而酱料与各式美食也不像当时那么美味了。

比约恩斯这位年老的过冬者，穿着深蓝色的渔人外套，就坐在我们的斜对面。昨天他从船上射杀了一只海豹，随后在货舱内将它肢解。此刻，他手上正拿着一条海豹腿，用猎刀大块大块地割着。他不在意什么酱料，更不在意这些旅客。他没有抬头张望，但他似乎察觉到我和我丈夫在注视着他。他感受到了我必须离开北极荒野的痛楚；仿佛想对我表达关切般，他割下一大块又黑又干的海豹肉递给我。

后　记

　　亲爱的读者，你们之中或许有人想知道，这次过冬之后，我们的情况如何。

　　那么，就请跟随我的路线返回人类世界吧。

　　自北纬八十度乘船前往特罗姆瑟，接着搭乘火车。火车迅速行驶，夜愈来愈暗，食物丰盛，咖啡则过于浓黑。人人都在读报纸，好多大新闻呀！其实毫无内容，但写得精彩刺激。我也同样读着报纸，而越是接近所谓的"温带"地区，火车速度愈快，报纸愈厚，人们也愈发匆忙！——这会传染吗？——连我也开始紧张了！——我突然深感不安——我岂不是一整年都不知道亲友消息吗！人在荒野中时，我很平静，我可以祷告！——这已经不在了吗？——

过去一年来，人类的世界究竟发生了哪些事?!

我拍电报给家人，觉得火车前进得太慢了！终于到了，爸爸站在火车站，从远处就朝我呼喊："一切安好！"我的小卡琳也来了，她成长茁壮了，感谢上帝！

我们家被烧毁了，但我不怎么在意，在付之一炬的高高废墟旁，是一栋比原来的房子小得多的农用建筑。这栋从前的农舍如今刚刚改建过，由我那富有艺术天分的妈妈布置得独具特色。空间小，反倒令人感到温馨。

森林周围散发出着浓郁的香气，布谷鸟的啼声吓坏了一只小鹿，菜园里植物繁茂，蜜蜂们忙着飞进飞出，嗡嗡作响，空气里飘散着香气，花朵盛开着。

人们懂得感谢上帝创造的万物吗?!

还有，那两位男士，我永夜时的伙伴，如今过得怎么样呢？同一年，我丈夫以航海员与专家的身份，搭乘一艘大船前往北冰洋，并且回我们家度假。至于卡尔，他也很幸运，一名富有的法国人搭乘自己的船前往特罗姆瑟，他带着卡尔同行，请卡尔在他北上的航程中担任水手和猎人。回程时，这位法国人把自己漂亮的船送给卡尔，如今卡尔可以自立门户了。他结了婚，而且生了个跟他当年同样金发碧眼又逗趣的儿子。

我的书出版（一九三八年）后，不时有人问我，而且提问的往往是女性："您是怎么熬过北极永夜的？"

这个问题的确有其道理，但却不容易回答，因为以我那卑微、有限的人类理性，我几乎撑不过永夜。在远离文明、漫长的黑暗中，存在着除了在这种深奥的确然之中，我们几乎不会邂逅的、意想不到的事物。

举例来说，有谁知道，在全然的孤寂，缺乏与他人互动的刺激时，人类会陷入自我的终极境地？人类始于何处？终于何处？生命在哪里？没有答案，没有。人类无比惊慌地望着自己深不见底的虚无。

或许必须感受这种终极的孤立无援，人类才会变得谦卑，以体察事物的本质。

历经漫长的孤独，历经绝望的夜晚，历经洞察理解与悔改，外头的风暴终于止息。这一点并非偶然。清晨，我踏出小屋时，月光下，一片令人怵动的宁静笼罩着白雪皑皑的山脉与峡湾，直到最遥远处，万物都沉浸在一种感受得到的，不再有恐惧的更高存在。从这一刻起，我便获得解脱，某种感知得到的，更崇高的存在便不再弃我而去；而赐予我平静与力量，照见极夜的高低浮沉的，正是这种存在。

北极是天与地接壤之处，但并不是每个人都受得了那强烈的光线、无边的黑暗，也不是人人都可以忍受那莫大的孤寂。我何其有幸，能在冒险旅程一开始，就被孤独地抛入荒野的冷酷无情之中，接受试炼。

从此我便理解，上帝就存在于世界的表象之后。这个理解，赋予我面对万事万物时所需的力量与定静。

克里斯蒂安·里特，一九九〇年

维也纳／格林津

图书在版编目(CIP)数据

一个女人，在北极/(奥)克里斯蒂安·里特著；
赖雅静译.—上海：上海书店出版社,2024.1
ISBN 978-7-5458-2323-3

Ⅰ.①一… Ⅱ.①克… ②赖… Ⅲ.①纪实文学-奥
地利-现代 Ⅳ.①I521.55

中国国家版本馆CIP数据核字(2023)第181651号

著作权合同登记号 图字:09-2023-0782号

责任编辑 俞诗逸 王 慧
营销编辑 王 慧
装帧设计 裴雷思

一个女人，在北极

[奥]克里斯蒂安·里特 著

赖雅静 译

出　　版　上海书店出版社
　　　　　　(201101　上海市闵行区号景路159弄C座)
发　　行　上海人民出版社发行中心
印　　刷　苏州市越洋印刷有限公司
开　　本　787×1092　1/32
印　　张　7.5
字　　数　120,000
版　　次　2024年1月第1版
印　　次　2024年1月第1次印刷
ISBN 978-7-5458-2323-3/I·570
定　　价　62.00元